TODAS
AS
MINHAS
LIBÉLULAS

GABRIELLI CASSETA

TODAS AS MINHAS LIBÉLULAS

Copyright © 2025 por Gabrielli Casseta

Todos os direitos reservados e protegidos pela Lei 9.610, de 19/02/1998.

É expressamente proibida a reprodução total ou parcial deste livro, por quaisquer meios (eletrônicos, mecânicos, fotográficos, gravação e outros), sem prévia autorização, por escrito, da editora.

Edição
Camila Antunes
Daniel Faria

Revisão
Ana Luiza Ferreira

Produção e diagramação
Felipe Marques

Colaboração
Guilherme H. Lorenzetti

Ilustrações
Kezia Caetano

Montagem da capa
Jonatas Belan

CIP-Brasil. Catalogação na publicação
Sindicato Nacional dos Editores de Livros, RJ

C337t

    Casseta, Gabrielli
      Todas as minhas libélulas / Gabrielli Casseta. - 1. ed.
- São Paulo : Mundo Cristão, 2025.
      232 p.

    ISBN 978-65-5988-407-0

    1. Ficção cristã. 2. Ficção brasileira. I. Título.

24-95116

                    CDD: 869.3
                    CDU: 82-3(81)

Meri Gleice Rodrigues de Souza - Bibliotecária - CRB-7/6439

Publicado no Brasil com todos os direitos reservados por:

Editora Mundo Cristão
Rua Antônio Carlos Tacconi, 69
São Paulo, SP, Brasil
CEP 04810-020
Telefone: (11) 2127-4147
www.mundocristao.com.br

Categoria: Literatura
1ª edição: fevereiro de 2025

Para toda aquela que buscou o amor no lugar errado e teve o coração despetalado como uma rosa. O verdadeiro Amor está aqui, chamando você.

E para meus avós, Carme e Alcides Casseta, por serem as primeiras pessoas que acreditaram em mim.

— Mas você pode fazer melhor. Você sabe que pode. É um contador de histórias. Sonhe alguma coisa louca e improvável — ela implorou. — Alguma coisa bela e cheia de monstros.

— Bela *e* cheia de monstros?

— Todas as melhores histórias são assim.

Laini Taylor, *Um estranho sonhador*

Para uma melhor experiência de leitura, abra o aplicativo do Spotify, vá em "Buscar", clique no ícone da câmera e aponte seu smartphone para o código abaixo, a fim de conferir a playlist do livro.

Organização
Filhos de Malkiur

Guardião: Responsável por guardar e ensinar as leis e a história registrada no El Berith, livro sagrado dos filhos de Malkiur. Deve sempre zelar pela verdade e integridade do El Berith e de seu povo. Comanda as vilas e cidades dos filhos de Malkiur.

Zelador: Responsável pelas atividades de subsistência, como plantio, colheita, cuidados médicos etc. Seu maior foco é o bem-estar da população.

Guarda: Responsável pela segurança das vilas e do livro sagrado. Linha de frente no exército e em eventuais batalhas.

Lunar: Responsável pela produção artística para as celebrações tradicionais dos filhos de Malkiur. O nome Lunar tem sua origem no fato de a arte ser vista como uma lua na escuridão e de grande parte dos Loas, principal forma de culto e comemoração do povo, ser realizada durante a noite.

Semeador: Responsável por sair de sua comunidade para conduzir os não espectrais e lhes contar a história de Malkiur. Os semeadores são formados por grupos pequenos, de até oito membros. Todo semeador tem uma função secundária.

Cuidador: Responsável por receber os não espectrais em sua casa e introduzi-los ao El Berith e aos costumes dos filhos de Malkiur. Também zela por seu bem-estar.

Prólogo

Ano de 2989, 50 anos após o Milchamah

Celina foi incapaz de olhar para a cidade costeira de Itororó e desvencilhar a imagem do moderno cais da praia do Poente, onde barcos vindos dos outros três continentes atracavam, das histórias que ouviu sobre aquele lugar. Histórias de monstros, paixões e cinzas, que se arraigavam à história de sua família, como se ambas dançassem juntas sob uma bela melodia mortal.

Uma dança de narrativas que a embalou por toda a infância, envolta em libélulas douradas e a doce voz da mulher em cujo colo era ninada todas as noites.

"Conta de novo", Celina implorava, com inúmeros protestos dos irmãos e primos. A mulher nunca negou uma história à pequena curiosa.

Contava sobre um tempo distante, quando a cidade costeira ainda era apenas uma vila com um segredo escondido nas entranhas. Anos antes da chegada dos monstros e dos seres alados. Antes que a história dos filhos de Malkiur fosse marcada para sempre pelo Milchamah.

Crescer ouvindo esses relatos tornou Celina amante das narrativas e caçadora de aventuras. Historiadora, foi o que se tornou. Alguém cujo maior objetivo era preservar e propagar a história do próprio povo. Quando adulta, fez da cidade costeira o palco de sua busca por uma caixa cheia de libélulas douradas.

Enquanto passava por novas construções e pelas ruínas deixadas após o Milchamah, Celina não teve dificuldade para achar a casa da velha senhora surda. Ela esteve ali até a adolescência e se lembrava das flores na janela da frente.

"Flores amarelas para os mortos", sinalizara a mulher certa vez, usando a Língua das Mãos — como habitualmente, embora pudesse falar, preferia se comunicar com as crianças.

Celina nunca esquecera a lição. Passou a guardar flores daquela cor para as despedidas.

Ao chegar, não precisou bater na porta, pois a velha senhora já a esperava. Certamente sabia que, mais cedo ou mais tarde, a garota viria atrás da caixinha de libélulas guardada no sótão. Então a abraçou como a uma filha e a conduziu pela casa.

Uma das poucas que sobreviveram ao Milchamah. Por ela passaram seres inimagináveis, que desceram dos céus com asas brilhantes como o sol e que rugiam a ponto de fazer estremecer toda a terra. Assim como kardamas com asas negras, escamosas e cuspidoras de fogo.

A casa vira os monstros e a beleza muito de perto, tantos quanto vira a velha senhora que ali morava.

Quando chegaram ao sótão, a senhora entregou a caixa de libélulas para Celina. A jovem tremia. Com seu objeto de desejo em mãos, ela se abaixou, e com um feixe de luz que deixou seu peito, seu Hesed, um belo lobo branco, surgiu. Devagar, abriu a caixa que continha as libélulas que faltavam para completar as lacunas de uma história havia muito perdida no tempo, e mergulhou no passado com a mesma felicidade e temor de uma criança que adentra o oceano.

As cartas e os documentos que você está prestes a ler foram organizados no formato de livro pela semeadora e historiadora Celina Bazzi no ano de 2990. Os recortes a seguir têm o intuito de remontar a história do Milchamah e como tal evento mudou os rumos da guerra entre os filhos de Malkiur e os teannins que habitam o continente de Aware.

Parte I

VOLTAR

LIBÉLULA

~ 01 ~

DE VOLTA PARA CASA

De: Joana Watanabe
Para: Malkiur e O Rei Bom, na Ilha de Espera
21 de Urano de 2937

Amado Malkiur,

Voltar para casa é estranho.

Quase tudo está como me lembro. As ruínas são as mesmas de quando parti, logo após o ataque dos teannins. Mas as flores que foram plantadas em homenagem aos mortos já cresceram e formam um vistoso jardim de antúrios amarelos. Ninguém diria que, um dia, Itororó foi palco de um massacre.

Passei a mão pelas flores, e o cheiro suave de mato recém-molhado subiu até minhas narinas. Esse era, para mim, um cheiro de infância. Para ser mais específica, o cheiro do dia em que recebi meu Hesed.

Eu tinha nove anos. Todos os dias eu brincava na entrada da vila enquanto esperava minha mãe retornar das plantações. No dia em que recebi o Hesed, uma das minhas amigas

– 19 –

estava contando sobre a nova história que havia aprendido no El Berith. Eu lia o livro sagrado do meu povo desde os oito anos e, desde muito pequena, ouvia a respeito dele. Já até havia mandado algumas libélulas mensageiras para Malkiur, perguntando como eu faria para me tornar parte do seu povo.

Naquela manhã de sol, senti algo mudando dentro de mim. Uma porta sendo aberta. Uma chave sendo virada. Uma libélula saindo da minha boca para pedir: "Me torne sua". Uma luz jorrando do meu peito e se materializando como uma bela raposa branca.

Eu sempre achei que o Hesed iria se manifestar em mim como um animal voador. No entanto, quando vi a raposa, fiquei tão encantada que não conseguia parar de sorrir.

Minha mãe chegou naquele exato momento. Nunca vou me esquecer do sorriso dela. De que vi, em sua reação amorosa e nos olhos da raposa, meu verdadeiro nome: "*Filha Amada*".

Filhos de Malkiur. Esse é o nome do meu povo.

Fácil como a raposa veio, o Hesed se desfez em luz e voltou para o meu peito. Assim como a andorinha voltava para o peito da minha mãe e o falcão para o do meu pai. Marcando-nos como povo eleito de Malkiur para toda a eternidade.

Hoje pela manhã, enquanto caminhava pela entrada da vila, a raposa de luz voltou a andar ao meu lado. Eu me dei conta de que faz mais de dez anos que ela chegou. Dez anos que meus pais morreram.

Enquanto olhava para aquele jardim, lembrei-me do dia em que plantei duas sementes na terra úmida. Uma flor pela morte da minha mãe e uma flor pela morte do meu pai. Deixei que as lembranças saíssem de mim em cores. Usei minhas tintas para pintar libélulas douradas no muro da entrada de Itororó, perto dos jardins das almas que se foram. Eu saí daqui de luto e volto com as cicatrizes de anos de treinamento na estrada. Mas também volto com as cores.

Esta libélula é apenas para agradecer por meu retorno.

Resolvi escrever porque, mesmo que as libélulas levem minhas preces até você na Ilha de Espera, as palavras ficam. E eu gostaria de me lembrar disso daqui a dez anos.

Obrigada. Em breve nos vemos.

Com amor,
Joana, filha de Malkiur

LIBÉLULA

~ 02 ~

AMORAS E MONSTROS

De: Joana Watanabe
Para: Malkiur e O Rei Bom, na Ilha de Espera
22 de Urano de 2937

Amado Malkiur,

Aqui em Itororó possuo uma variedade de tintas que a estrada nunca me permitiu ter. Na vila há alquimistas que, entre tantas outras coisas, produzem tintas. Esse tem sido um dos meus grandes prazeres por estar em casa. Eu nem me lembrava que era possível possuir uma gama tão grande desses tons prontos em tubos, sem que eu precisasse inventar mil misturas para alcançá-los. Dia desses, quando estava andando pela loja, escolhendo qual compraria dessa vez, deparei-me com uma feita de amoras.

Lembro-me bem do último pote vermelho-amora que eu tive. Eu tinha doze anos, acabara de enfrentar minha primeira kardama e de descobrir meu papel entre os filhos de Malkiur. Eu compunha um grupo de cinco adolescentes. Estávamos com Noah, nosso tutor, no meio de um jantar em volta da fogueira quando Khalila, com a inocência dos seus treze anos, perguntou:

"O que nós somos?"

"Semeadores", Noah explicou. "Buscamos aqueles que são filhos de Malkiur, mas que por não terem o Hesed manifesto, ainda não sabem disso. Entretanto, todo semeador é algo mais, e isso cabe a vocês descobrirem."

Na manhã seguinte, quando Gael, Sarai e eu saímos para coletar o almoço, encontramos uma amoreira. Essa fruta era rara nos entornos de Itororó, então logo nos apressamos a juntar tantas quanto podíamos. Poucos segundos e muitas amoras depois, notei que elas deixaram nossas mãos vermelhas. Assim surgiu a ideia de produzir tinta.

"Tinta? O que vamos fazer com isso?", Gael questionou. Dei de ombros e segui separando as maduras para minha mistura até que ouvimos passos na mata e nos escondemos nos arbustos. Um homem do povo teannin surgiu, com as pesadas roupas de couro manchadas de vermelho. E não era vermelho-amora.

"A escuridão sempre sente a presença da luz." A explicação que Noah havia nos dado assim que saímos de Itororó reverberou na minha memória, e eu notei que era verdadeira assim que os olhos do homem encararam os meus.

Ele começou a tremer, a gritar e a cuspir um líquido negro. A gosma se movia sozinha sobre a grama e se juntou até formar uma criatura horrível. Corpo esguio, longas unhas e uma boca com fileiras de dentes pontiagudos. Uma kardama.

Sem que nos déssemos conta, o Hesed de cada um surgiu.

Um condor-dos-andes para Gael.

Um urso para Sarai.

Uma raposa para mim.

A fera atacou, movendo-se depressa na direção de Sarai, mas o urso a conteve antes que alcançasse a garota. A criatura desferiu golpes contra as três manifestações do Hesed, em uma dança assustadora de trevas e luz. O homem correu para cima de Gael, que usou um tronco da amoreira para se defender. Com muito esforço, atingiu o teannin no estômago, mas o impacto não pareceu surtir efeito. Ele se reergueu e continuou avançando sobre nós.

No meio da luta, minha raposa recuou e disparou para longe. Eu a segui sem pensar. Soube para onde ela estava me levando, pois na minha cabeça só ecoava uma palavra: *ajuda!*

Voltei com Noah e os outros o mais rápido que pude. Encontramos o homem caído ao lado do tronco. Sarai estava em choque, observando o corpo, e Gael chorava. O urso e o condor-dos-andes estavam próximos a eles, mas a kardama havia evaporado, assim como a vida do homem. Naquele dia, Sarai e Gael descobriram que eram guardas. Responsáveis por garantir a segurança do nosso grupo. Khalila descobriria o mesmo, alguns dias depois.

De noite, depois do jantar e de termos enterrado o teannin para evitar que animais carnívoros aparecessem naquela área, eu fiz tinta vermelho-amora e pintei o sol, símbolo do nosso povo, no chão, para não nos esquecermos de por quem lutamos e de quem nos deu a vitória. Foi assim que me descobri artista. Uma lunar.

A lembrança desses fatos era agridoce, assim como a tinta vermelho-amora que eu segurava naquela botica. Devolvi o pote à prateleira e fui embora sem nenhum tom avermelhado.

Espero que a próxima libélula seja melhor.

Com amor,
Joana, lunar e filha de Malkiur

LIBÉLULA

~ 03 ~

MACACÕES DE SEMEADORES E CRIANÇAS TRAUMATIZADAS

De: Joana Watanabe
Para: Malkiur e O Rei Bom, na Ilha de Espera
28 de Urano de 2937

Amado Malkiur,

Hoje, uma semana após nossa chegada, aconteceu nossa recepção oficial como semeadores. José, o guardião-chefe e principal líder da vila, nos recebeu em sua casa. Outros guardiões estavam presentes, além de dois semeadores já aposentados.

Itororó possui dois grupos de semeadores na ativa, e nós seremos o terceiro. Eu estava muito ansiosa para o dia de hoje. Passamos dez anos viajando de vila em vila e aprendendo todos os princípios básicos necessários para ser um bom semeador: guardar as palavras do El Berith, sobreviver com pouco alimento e abrigo precário e acolher não espectrais.

Pelo que tenho observado, cada vez menos pessoas querem fazer esse trabalho. Isso aperta meu coração.

Sentei-me entre Ayla e Gael. Ela estava nervosa, não parava de mexer no cabelo ruivo ondulado. Já Gael manteve a postura ereta e o olhar fixo em José enquanto ele nos entregava os macacões de semeador.

"Fico feliz em recebê-los como semeadores", disse José ao entregar o último macacão para Khalila.

O tecido dos macacões era marrom com fitas laranjas bordadas nos pulsos e ombros. Tinham muitos bolsos e compartimentos secretos. Eram feitos de tecidos resistentes ao calor e à chuva. Além de úteis na estrada, eram uma forma de os não espectrais nos identificarem.

"Um grupo de semeadores retornará em breve, portanto logo enviaremos vocês em missão. Até lá, tomem postos nas suas funções secundárias", instruiu José antes de nos despedir.

Voltamos para casa radiantes.

Ser semeadora significa buscar os não espectrais e apresentar a nossa cultura e o amor de Malkiur a eles. É uma honra, e uma responsabilidade e tanto.

"Eu vou ficar lindo nisso aqui", comentou Amir, fazendo todos rirem.

"Claro que essa é sua maior preocupação", retrucou Khalila.

Os outros continuaram a conversa animados. Noah e eu ficamos para trás.

"Seus pais estariam orgulhosos", disse Noah. Eu sorri em resposta. Abracei meu macacão contra o peito e olhei para os meus amigos à frente. Éramos um grupo peculiar.

Parece que foi ontem, quando Sarai e eu chegamos à casa que nos acolheu logo após o ataque dos teannins. Sarai com as roupas manchadas de sangue e eu, soluçando de tanto chorar. Amontoadas com várias crianças que, assim como nós, também tinham acabado de ficar órfãs.

Vimos o Hesed de Noah, um elefante branco de luz, se aproximar e usar a tromba para brincar conosco e provocar sorrisos sutis. Noah conversou com algumas mulheres que se voluntariaram para cuidar das crianças e com meus tios, meus únicos parentes de sangue vivos, e nos levou com ele.

Além de nós, e seu filho Amir, Noah levou Khalila, filha do chefe dos zeladores da vila, a pedido de seu pai, Otto, que queria manter os filhos longe da vila. E Gael foi voluntário.

Anos depois, conhecemos Ayla na estrada e ela se juntou ao grupo.

Apenas Malkiur poderia sonhar algo tão bonito para um bando de crianças traumatizadas pela guerra.

Guardei o macacão no armário, ansiando pelo dia em que poderei usá-lo ao lado dos meus amigos.

Agradeço pela família que o senhor planejou para mim.

Com amor,
Joana, semeadora e filha de Malkiur

LIBÉLULA

~ 04 ~

FOTOGRAFIAS BORRADAS

De: Joana Watanabe
Para: Malkiur e O Rei Bom, na Ilha de Espera
12 de Netuno de 2937

Amado Malkiur,

Ontem encontrei uma foto da minha mãe junto com a tia Rebeca e algumas amigas. A foto está borrada e os rostos um pouco embaçados, mas ainda assim ver uma imagem da minha mãe depois de tantos anos foi como um soco no estômago.

Eu nunca havia visto uma fotografia antes. Essa tecnologia é bem mais avançada do que eu imaginava. Noah disse que existe uma cidade chamada Ezer, alguns quilômetros ao sul, descendo o rio Tigiba, que possui inovações fantásticas como essa. É provável que minha mãe e minha tia tenham tirado a fotografia durante uma visita àquela cidade.

Antes de continuar, preciso compartilhar uma coisa. Passei a morar com a tia Rebeca, irmã mais velha da minha mãe, e o tio Andrei quando voltei para Itororó. Na minha infância,

– 28 –

éramos bem próximas, mas com a morte dos meus pais e a minha partida nos tornamos quase duas estranhas. É diferente com tio Andrei, que sempre pergunta como foi meu dia e está tão empolgado quanto eu para meu primeiro Loa desde que retornei.

Ontem, porém, ele não estava em casa, então perguntei à minha tia sobre a foto e a câmera. Ela não me deu muitos detalhes e desviou o olhar do retrato, assim como sempre desviava do meu rosto. Frustrada pela falta de respostas, coloquei a foto no bolso e saí para fazer meus afazeres diários.

"Você parece sua mãe", disse Ayla, quando mostrei a foto. "Talvez por isso sua tia esteja tratando você assim."

"Talvez ela só não me queira aqui", desabafei.

Meus tios são cuidadores. Para me receber, tiveram que ceder o quarto extra que tinham na casa e deixar de hospedar não espectrais que chegavam à vila. Ayla, Amir e eu temos ajudado meu tio na construção de um novo cômodo, mas me sinto culpada por afetar a rotina deles.

"Você não sabe, nem de longe, o que é ser rejeitada", retrucou Sarai, ao se aproximar de mim e Ayla.

Naquele momento, observei a tristeza tomar conta do rosto de Ayla. Seus pais não fizeram nenhum esforço para mantê-la por perto ou se juntar ao nosso grupo. Quando Ayla recebeu o Hesed eles a largaram conosco e seguiram em frente.

O passado de Sarai chega a ser pior. Ela não só foi rejeitada pela família como também perseguida, pois sua mãe era uma teannin e preferia uma filha morta a uma traidora. Todos sabiam que tinha sido a própria mãe de Sarai que havia cegado seu olho direito e deixado nela uma cicatriz que corria da têmpora até metade da bochecha, ainda que ela evitasse falar do ocorrido.

– 29 –

"Dê tempo a ela... Em algum momento Rebeca vai deixar de ver a Tamar em você e vai passar a enxergar a Joana", disse Ayla, tentando sustentar um sorriso acolhedor.

Ter essa conversa com Ayla e Sarai me lembrou de que elas são a minha família. Assim como Noah, Amir, Khalila e Gael. Rebeca e Andrei também o são. E os filhos de Malkiur sempre lutam pela família.

Por isso preparei o jantar hoje. Quero mostrar para a tia Rebeca que me importo. Quero fazê-la enxergar Joana e deixar que o passado seja esquecido como uma velha fotografia em um baú.

Por favor, me dê sua benção hoje à noite.

Com amor,
Joana, filha de Malkiur

LIBÉLULA

~ 05 ~

NEM TUDO É O QUE PARECE

De: Joana Watanabe
Para: Malkiur e O Rei Bom, na Ilha de Espera
28 de Netuno de 2937

Amado Malkiur,

Quando voltei para Itororó eu queria viver dias comuns, cheios de atividades ordinárias. Todavia, isso não existe quando se vive em um mundo em guerra.

Os antúrios amarelos que lembram nossos mortos são regados todos os dias e os lunares têm se esforçado para colorir a cidade e apagar as memórias da violência do passado. Ainda que de longe pareça uma vila feliz e pacífica, nem tudo é o que aparenta. O dia de hoje me lembrou disso de maneira amarga.

Confesso que tenho memórias muito embaralhadas de como era Itororó dez anos atrás. Mas, sem dúvida, posso afirmar que existem mais guardas hoje. Sarai, Khalila e Gael quase não tiveram pausas entre as rondas e os treinamentos.

Após o ataque que matou meus pais, todos ficaram mais cautelosos.

Aqueles que não são guardas se tornaram zeladores e realizam tarefas de subsistência, como pesca, plantio, medicina e assim por diante. As outras funções são raras entre os moradores da vila. Na verdade, estão todos tão ocupados tentando sobreviver que se esqueceram de que essas outras funções são tão necessárias para a funcionalidade da vila quanto as primeiras. Guardiões são necessários para ensinar o que está escrito no El Berith; lunares, para alegrar o povo; semeadores e cuidadores, para receber os não espectrais.

Quando me levou para visitar as plantações ao sul da vila, tia Rebeca me disse: "É uma das consequências da guerra... As pessoas ficam mais egoístas e preocupadas em se manter vivas. Acho que é o mesmo motivo que faz a vila ter poucas crianças. Aqueles que seriam pais hoje, eram adolescentes no Shakach. Eles viram a morte dos pais e temem construir uma nova família".

Ainda é desconfortável ouvir o nome que os moradores deram para o atentado que me deixou órfã. Todos os atuais habitantes da vila perderam alguém naquele ataque, e a palavra massacre é de fato muito pesada para ser pronunciada no dia a dia. *Shakach* passou a ser o nome que todos usam para se referir ao evento.

"Isso é errado", eu disse à tia Rebeca, enquanto nos aproximávamos das plantações.

"Errado ou não, é o que tem acontecido. Nós nos tornamos um povo medroso."

Essa constatação me deixou frustrada. Passei metade da vida treinando para ser uma semeadora e agora não tenho lugar para acomodar um não espectral. Parece que estamos nos esquecendo das ordens escritas no El Berith de levar a mensagem dele até os confins dos quatro continentes.

Apesar de me sentir irritada com o rumo das coisas, chegar às plantações me deu algum ânimo. Elas são maiores e têm uma grande variedade de frutas e legumes.

Uma variedade de cores de tintas, era tudo em que eu conseguia pensar.

Passeei entre os pomares, cumprimentando algumas pessoas. Os mais velhos me disseram que meu jeito de falar os fazia lembrar meu pai. Precisei conter as lágrimas. Como eu estava de visita, me designaram para vigiar as três crianças que acompanham os pais até as plantações.

Enquanto minha raposa e eu corríamos atrás das crianças entre os pomares, deparei com um homem que se apressou a pegar a menor no colo. Ele não usava roupas claras marcadas por fitas amarelas nos pulsos e ombros como os zeladores, mas o uniforme pesado dos teannins.

"Acho que você perdeu uma", disse o homem, sem soltar a criança.

A raposa de luz se colocou em posição de defesa na frente das outras duas.

"Você está bem longe de casa", afirmei, fazendo um sinal para que as crianças corressem. Elas obedeceram e dispararam pomar adentro.

O homem deu de ombros.

"Talvez vocês tenham destruído minha casa para fazer isso aqui", ele apontou para a plantação.

Foi estranho conversar com um teannin. Se esse encontro tivesse ocorrido alguns anos atrás, a kardama do homem teria tomado o controle e nos atacado. Mas ele parecia calmo enquanto mantinha a criança no colo. Eu não o teria reconhecido como inimigo não fossem as roupas e, principalmente, a malícia no olhar.

O jeito como olhava para mim era como se gritasse que queria me matar.

"Devolva a criança, você está em minoria aqui", eu disse ao me aproximar com passos lentos.

Antes que ele pudesse responder, uma faca rasgou o céu em direção ao homem. Uma enorme garra negra e gosmenta saiu de suas costas e a segurou no ar. Um Hesed em forma de guepardo pulou em cima do homem, mas outra garra nojenta surgiu, segurando o pescoço do Hesed por alguns segundos. Nesse movimento, o homem soltou a criança, que àquela altura já chorava. Arrastei-a para perto de mim.

Em instantes, outras manifestações do Hesed nos cercaram e Khalila parou ao meu lado empunhando sua fina espada. Atrás dela estavam mais três guardas.

Antes que Khalila se movesse para golpear o homem, ele pôs-se a correr para longe de nós. De dentro das plantações, mais dois teannins surgiram, um homem e uma mulher que também dispararam em fuga.

"Você tá bem?", perguntou Khalila, guardando a espada nas costas.

Respondi que sim e voltamos para Itororó. Mais tarde, ela me contou que Maia, a general responsável pelos guardas, acreditava que os teannins nas plantações eram espiões que provavelmente tinham planos malignos para o próximo Loa.

"Devem ter reconhecido você como lunar pelo roxo na sua camisa e tentaram a sorte", disse Khalila.

Durante o resto do dia, a imagem da garra saindo das costas daquele homem rondou minha cabeça como uma mosca, zunindo a ponto de me tirar a paz. Rascunhei-a em uma folha, mas nem isso foi suficiente para fazê-la evaporar de meus pensamentos.

Já é madrugada quando escrevo esta libélula. Tentei ignorar o fato de que eles poderiam ter me matado com facilidade antes de os guardas chegarem. Tempos atrás, as kardamas nunca hesitariam.

Mas os tempos mudaram: teannins agora conversam com filhos de Malkiur, kardamas podem se controlar na presença do Hesed. Tudo que eu consigo pensar é que, enquanto eles evoluem, nós retrocedemos.

Peço sua proteção sobre a minha vila no próximo Loa.

Com amor,
Joana, filha de Malkiur

LIBÉLULA

~ 06 ~

A VIDA DEBAIXO DO SOL

De: Joana Watanabe
Para: Malkiur e o Rei Bom, na Ilha de Espera
05 de Plutão 2937

Amado Malkiur,

Alguns dias não começam bem. Por mais que você se esforce, quando as coisas nascem para dar errado, elas darão.

Lembro-me do meu aniversário de quinze anos. Foi na estrada, como todos os outros após o Shakach. Estávamos acampados em uma pequena comunidade de não espectrais. Seis famílias moravam ali, todas em casas de madeira. Os habitantes nos receberam bem, o que é raro entre não espectrais.

Eu sabia que não havia dinheiro para bolo ou presentes, mas não esperava que o dia fosse começar com um incêndio.

Um forte estrondo nos acordou. Assim que me levantei, a raposa já estava ao meu lado e Gael, Khalila e Sarai seguravam as facas que conseguimos comprar para autodefesa. Vimos duas kardamas à distância, atacando os não espectrais.

– 36 –

Estes, por sua vez, se defendiam com facões de corte de cana de açúcar. Uma das casas de madeira pegava fogo.

Nossos guardas e Noah correram até as kardamas. Amir e eu, na direção de um lago próximo, a fim de pegar água. Entretanto, Ayla correu até a casa. O senso de proteger o próximo de Ayla é o mais apurado de todos nós. Desse modo, mesmo que estivesse sem armas e a casa ardesse em chamas, ela foi até lá e ajudou cada morador a sair.

Algum tempo depois, uma das kardamas estava morta. Ela habitava em uma garota mirrada que aparentava ter a nossa idade. Observar o corpo dela estirado no chão me causou enjoo. A outra kardama fugiu. Conseguimos controlar o incêndio, mas da casa restaram apenas escombros e cinzas.

Em meio aos escombros, encontrei uma flauta, muito menor que as flautas de Amir. Tinha apenas três buracos e era feita de ossos de algum animal.

"É um comunicador", explicou Noah. "Para humanos essa flauta emite um som bem alto e agudo. Para as kardamas é um timbre atrativo. Fazem com que elas corram até quem a toca. O alto escalão dos teannins as usa para tentar controlar os monstros."

Ele não quis guardar o objeto e o jogou no meio das cinzas da casa queimada. Então, saímos para conferir se todos estavam bem.

"Feliz aniversário", me disse Noah, quando não havia mais perigo.

Eu caí em um misto de choro e gargalhada, assim como todo o resto de nós. Era o desespero da luta ainda pulsante e o alívio por saber que sobrevivi para completar quinze anos.

Naquele mesmo dia, deixamos o acampamento em um grupo de quinze pessoas e nos dirigimos para uma vila de filhos de Malkiur. Noah me comprou um pedaço pequeno de bolo, o que custou o almoço dele. Noah sempre fez isso: deu tudo de si para cuidar de nós.

Sonhei com o dia do incêndio. Despertei atrasada e cheguei tarde ao meu primeiro ensaio para o Loa, ainda com a fuligem dessas lembranças presa à minha pele. Todos os outros lunares já estavam com instrumentos ou se aquecendo para a dança.

"Bom dia, Joana", cumprimentou Lauren, líder dos lunares de Itororó.

"Bom dia, desculpe o atraso", eu disse, sem graça.

"Imprevistos acontecem", ela respondeu. "Seu amigo Amir me disse que você é boa dançando. Pode se juntar ao aquecimento, por favor."

Fiz o que Lauren pediu. Assim que os dançarinos estavam aquecidos e os músicos com instrumentos afinados, ela voltou a falar:

"Vou reforçar para os novatos" (*para os atrasados*, pensei). "Nossa missão no Loa é conduzir o povo, ensiná-los e estimulá-los a cantar e dançar conosco. Não é fazer um espetáculo. Como vocês sabem, estamos todos assustados com os teannins que apareceram nas plantações há alguns dias, por isso os guardiões decidiram que a mensagem do Loa deve ser a coragem de Malkiur. Temos que incentivar o povo e lembrá-lo de que não lutamos contra os inimigos sozinhos."

Durante toda a fala de Lauren, tive que conter o riso. Em segundos, a fuligem sobre minha pele se tornou combustível para meu corpo e aproveitei a adrenalina da lembrança para sugerir alguns passos para a coreografia. Ao fim do dia, nós a batizamos de *Vitória entre as chamas*.

É reconfortante ver que mesmo em meio ao caos o Rei Bom controla tudo debaixo do sol e cuida dos que habitam na terra de Aware.

Espero que esta libélula o faça sorrir, assim como sorri quando me dei conta de sua presença constante.

Com amor,
Joana, filha de Malkiur

LIBÉLULA

~ 07 ~

SEMPRE É MUITO PERTO

De: Joana Watanabe
Para: Malkiur e o Rei Bom, na Ilha de Espera
15 de Plutão 2937

Amado Malkiur,

Hoje participei do meu primeiro Loa como lunar. É sempre um evento que faz meu coração transbordar de alegria e medo. Alegria, pois reunimos o povo para uma leitura pública do El Berith sobre a história de como o príncipe Malkiur se sacrificou e venceu a morte para nos resgatar das garras de Ahimam, o traidor que criou as kardamas e deu início à guerra. E medo, pois é o dia mais propício para ataques dos teannins.

"E se extinguirmos os Loas públicos?", Amir havia sugerido alguns dias atrás. "Qualquer pessoa pode ir à Casa da Aliança e ler o El Berith. Passamos por algumas comunidades assim e parecia funcionar."

"O Loa público é uma das leis descritas no El Berith", Noah havia respondido. "Abandoná-lo seria errado."

– 40 –

"Mas o que acontece se teannins destruírem nossas cópias do livro?", Ayla havia perguntado.

"Itororó tem cinco cópias. E caso venham a destruir todas basta ir até Ezer, onde novas são fabricadas", havia sido a resposta de Noah.

"Não se preocupem, estamos trabalhando na segurança do próximo Loa. Estamos prontos para um possível ataque", Gael assegurara a todos.

A segurança que ele nos passou com sua postura havia sido suficiente para encerrar o assunto.

Lembrei-me dessa conversa pela manhã e agradeci ao Rei Bom por Itororó não cair na tentação de extinguir os Loas.

Quando desci para tomar café, encontrei Amir sentado à mesa com meus tios. Estranhei que tivesse chegado tão cedo, mas não disse nada até sairmos rumo à sede dos lunares.

"O que houve?", perguntei enquanto andávamos pela vila.

Amir deu de ombros. Havia um assunto entre nós que não precisava de muitas explicações. Na primeira vez que falamos sobre a saudade que ele sentia da mãe, ele me disse que se abrira comigo porque "apenas órfãos se entendiam". Agora, anos depois, ainda sentia segurança de se aproximar para confessar:

"Uma senhora disse que me pareço com ela", sussurrou com tristeza. "E quando me arrumava hoje de manhã, notei que nem ao menos me lembro do seu rosto."

Ele era o mais novo de todos nós quando o Shakach aconteceu. Tinha apenas nove anos e estava sozinho em casa com a mãe. Ela o escondeu dentro do guarda-roupa e lutou com uma kardama com as próprias mãos, mesmo não sendo uma guarda. Quando Noah chegou, ela estava morta e a kardama havia ido embora, deixando a criança para trás. Pai e filho se culpam pela morte da mulher até hoje.

"Você deveria perguntar ao seu pai sobre ela", sugeri.

"Ele está muito ocupado."

Noah sempre estava muito ocupado. Esse é o fardo de criar seis crianças e ainda ser um dos guardiões da fonte de nosso conhecimento.

"Ainda assim ele não negaria uma conversa. Ao menos nunca negou a nenhum de nós estes anos todos."

Antes que ele pudesse me responder, chegamos ao nosso destino e Amir tratou de mudar de assunto.

Duas garotas o cumprimentaram de maneira, digamos, receptiva demais. Ele respondeu à atenção com gracejos, tirando delas alguns sorrisinhos. Quando me dei conta do que estava acontecendo, cutuquei a costela dele com força. Amir se encolheu e se aproximou de mim para dizer:

"Você teria mais amigos se fosse mais simpática."

"Não preciso *desse* tipo de simpatia", eu disse. Amir deu de ombros e entrou na casa na minha frente.

Quando entrei, ele já estava com a flauta em mãos e sorrindo, de novo, para outras garotas. Elas sempre retribuem os sorrisos porque, diferentemente de mim, não enxergam que os sorrisos são um truque para fugir dos pensamentos dolorosos. Amir encanta a todos com as notas musicais, o sorriso aberto e o jeito brincalhão. Com isso, não notam o buraco negro se formando em seu peito.

Sua mãe veria, as mães sempre veem.

"Pronta?", perguntou Lauren, me arrancando dos meus pensamentos.

Peguei o figurino que ela estendia em minha direção e fui me vestir. Naquela noite eu precisaria interpretar um incêndio.

No horário marcado para o início do Loa, quando o sol se põe no horizonte, todos de Itororó se encontravam na praça central.

Era um grande círculo com muitos bancos de madeira, iluminado por postes de lamparinas de querosene. Da praça dava para ver quase todos os imóveis importantes da vila. A casa de José. A sede dos zeladores. O campo de treino dos guardas e a Casa da Aliança, onde ficava guardado o El Berith.

As pessoas na praça estavam com o coração sedento pela leitura do El Berith.

Guardas com as armas coladas ao corpo.

Lunares em suas posições, no centro do círculo formado pelos moradores.

José, o chefe dos guardiões, se colocou à nossa frente e, ao seu lado, todos os guardiões, incluindo Noah, se alinharam para a abertura da cerimônia.

Àquela altura, cada manifestação do Hesed já estava em meio ao povo, deixando a praça lotada.

"Que o Rei Bom, Malkiur e o Hesed concedam paz à terra de Aware e até o Grande Retorno possamos encontrar no El Berith coragem e força." José levantou o livro e o povo fez silêncio absoluto.

José seguiu o protocolo e começou a narrar a história de nosso povo:

"O Rei Bom e Malkiur reinavam com paz e alegria e a morte não existia entre os homens. Até o surgimento de Arhiman, um belo homem que queria ser rei e, com sua língua maldita, enganou o povo para abandonar o Rei Bom e o coroar como novo comandante de Perdes. Nenhum ser humano sabia o que era sofrer até o dia em que coroaram rei o homem de língua maldosa.

"Naquela noite, uma criatura grotesca se manifestou dentro de um súdito leal do novo monarca. Aquilo era uma marca permanente de um mundo caído e uma projeção da perversão do coração do homem. Assim nasceu a primeira kardama e a guerra teve início.

"O Rei Bom convocou o exército alado para combater as kardamas, mas não era o bastante para resgatar seu povo.

"Em uma manhã com cheiro de fumaça e morte, Malkiur, o príncipe herdeiro, despiu sua armadura e caminhou resoluto até o palácio de Ahriman. Não disse uma palavra sequer quando adentrou as pesadas portas de Ébano e caminhou pelo salão com música e vinho jorrando pelas paredes. Ahriman fitou o príncipe nos olhos e riu com escárnio. Ainda assim, estava disposto a fazer um acordo.

"Antes do entardecer, todos os prisioneiros de Ahriman foram libertos. Restaram apenas o Rei mau e o príncipe herdeiro no palácio sobre a montanha mais alta da Terra. Assim que as trevas da noite caíram sobre as paredes de mármore cinza, Ahriman transpassou o coração do príncipe com uma adaga de ponta de diamante. Malkiur bradou palavras em Chavah que ninguém soube traduzir, então caiu no chão.

"Restou um corpo sem alma.

"Um pai sem o filho.

"Uma coroa sem o príncipe.

"Uma terra sem esperança.

"O Rei Bom bradou em luto e em pranto. Junto dele, pranteou toda a criação.

"Quando a vida do jovem príncipe se foi, um forte terremoto se espalhou pela Terra e quebrou o continente em quatro pedaços. Separou famílias, vilas e terras. O castelo na montanha virou o epicentro, contudo uma fenda se abriu e o devorou. Enquanto ela se enchia de chamas do interior da Terra, uma enorme kardama com asas, cauda, escamas e cuspidora de fogo emergiu e levou Ahriman para longe.

"Ali foi sepultado o corpo do príncipe.

"O Rei Bom sabia do sacrifício do filho, por isso lhe bastava esperar o momento do Grande Retorno. Convocou todo o Exército Alado e partiu durante a noite para a Ilha de Espera. A terra engoliu o castelo dourado, abrigo dos herdeiros da criação. Nenhum ser humano sabe dizer onde fica a Ilha de Espera, o castelo dourado ou o castelo na montanha.

"Passado o terremoto e a partida do Rei Bom, Ahriman restabeleceu seu trono e o povo esperou a volta do sol. Foram três meses de noite eterna, em que as trevas reinavam absolutas.

"No Dia da Graça, uma jovem chamada Madalena caminhava por um campo de batalha e viu os ossos se tornarem flores e Malkiur aparecer vivo à sua frente. Naquele dia ela entoou um cântico de vitória ao receber seu Hesed e, por isso, hoje cantaremos também."

José e os guardiões se retiraram e Lauren deu abertura à nossa parte.

Eu me posicionei e tive que conter as lágrimas. A história do sacrifício de Malkiur sempre me emociona.

As músicas cantadas no Loa de Itororó misturavam composições conhecidas de todos os filhos de Malkiur escritas na época do início da guerra, canções regionais e escassas palavras de Chavah, a língua materna dos seres humanos, há muito esquecida. A coreografia, porém, era inteiramente nova.

Foi em meio a rodopios e braços estendidos que vi minha raposa rosnando para a multidão. Meus olhos encontraram um olhar maldoso em meio aos muitos outros.

Era o homem da plantação.

Errei o passo e me esforcei para não cair e chamar atenção indevida.

Ele estava entre outros não espectrais que moravam na vila, e usava nossas roupas. O disfarce quase perfeito, não fosse pelo olhar. As trevas sempre rejeitam a luz.

Minha raposa se moveu para o guarda mais próximo, Gael. Eu não podia parar a dança, a fim de não alarmar os inimigos. Não poderia permitir que aquele Loa se tornasse outro Shakach. Mudei a dança e levantei os braços bem alto, movendo os dedos em uma linguagem que Ayla havia nos ensinado: era como ela se comunicava com a mãe, que não falava.

Meus dedos passaram a mensagem "*inimigo no meio do povo*" e torci para que Gael tivesse entendido.

Desci os braços e encontrei os olhos de Amir arregalados, sua flauta pairando longe da boca. A doninha de Amir também havia corrido para perto de Gael. O condor-dos-andes de Gael, por sua vez, deu um rasante sobre o inimigo e uma flecha zuniu do arco de seu arco até o crânio do homem. O movimento foi mais rápido que meu rodopio. Em segundos, os invasores estavam cercados por guardas disfarçados, e o povo já corria para suas casas de forma ordenada.

José foi escoltado, devido à idade avançada, mas deixou para trás o El Berith.

Bem, ao menos a versão falsa e oca. O verdadeiro seguia bem escondido na Casa da Aliança.

As kardamas foram contidas de forma rápida e sem baixas para nosso povo.

Durante toda a operação, senti que meu corpo ainda estava dançando, as chamas fervilhando na boca do meu estômago. Quando tudo acabou, fui tomada de alívio. *Deu certo.* Uma sensação de vitória por termos conseguido enganar os teannins com o circo falso que criamos. Uma armadilha estrategicamente planejada porque sabíamos que tentariam nos atacar.

E eles caíram.

No dia seguinte, enquanto trançava meu cabelo para realizarmos o verdadeiro Loa, Ayla me disse: "Para nossa sorte, os teannins não são bons em organização."

"Mas até quando? Ontem foi muito perto..."

"Sempre é muito perto", afirmou Ayla.

Engoli em seco.

Na celebração do Loa, a verdadeira, resolvemos fazer coreografias mais simples e tocamos músicas calmas. O evento também durou menos tempo do que o normal e foi realizado durante a tarde. Desta vez, mesmo com medo, todos saímos com o coração satisfeito.

Durante a leitura do El Berith, notei que tenho medo de que o *muito perto* mude de categoria. A raposa se enroscou nas minhas pernas e eu soube que teria que encontrar coragem para garantir que isso não aconteça.

Tentando reunir o que restou das chamas no estômago até chegar o Grande Retorno.

Com amor,
Joana, filha de Malkiur

LIBÉLULA

~ 08 ~

As dançarinas e os cães

De: Joana Watanabe
Para: Malkiur e O Rei Bom, na Ilha de Espera
22 de Plutão de 2937

Amado Malkiur,

Ontem fizemos um piquenique.

Foi minha ideia. Sinto que estamos muito afastados nos últimos dias. Às vezes, eu queria que Itororó fosse como outra vila qualquer que visitamos nos últimos anos. Mas, aqui, temos responsabilidades que consomem muito do nosso tempo e disposição para estarmos juntos.

Fomos à Praia do Poente, não muito longe da vila. Era um dos meus lugares favoritos na infância. Sempre que minha mãe tinha algum tempo, saíamos para caminhar na praia no fim da tarde.

Entrar no mar depois de anos longe foi como recarregar as baterias. Eu não havia notado como sentia falta das ondas. Foi como se a água salgada lavasse o resto de sangue e dor ainda presos à minha pele, dando-me uma nova chance de recomeçar.

– 48 –

Se para mim nossa ida à praia se assemelhou a um mergulho em memórias, para Ayla foi como ter um primeiro encontro. Os olhos dela brilharam como uma estrela ao contemplar o mar pela primeira vez. A empolgação era notável. Ela ofuscou a todos nós.

Pouco antes do fim de tarde, depois de nos empanturrarmos com comida e entrarmos no mar algumas vezes, Amir e Gael ficaram responsáveis por pescar nosso jantar. Nós, as meninas, ficamos sentadas na areia ainda quente. Em algum momento, dois cães de rua se aproximaram dos meninos, esperando que sobrasse algum peixe. Assim que Gael lançou um, os cães começaram a brigar pelo alimento com os dentes à mostra, rosnando e latindo alto.

"Esses animais me lembram os teannins", comentou Sarai a respeito dos cães. "Eles agem assim com tudo, sempre brigando e rosnando... O pior é que, na maior parte do tempo, nem sabem o porquê."

Se eu fechar os olhos com força, consigo visualizar a Sarai de nove anos sendo carregada até Itororó, com as mãos sobre o olho direito ferido, onde hoje reside uma enorme cicatriz que vai da têmpora até a bochecha, atravessando a pupila esbranquiçada.

"Você guerreou como eles", relembrei. "Porém com um propósito."

"Não como eles", disse Khalila. "Talvez os homens lutem com a força deles, mas as mulheres são diferentes. Nós lutamos como dançarinas."

Eu sabia que Sarai e Khalila estavam falando uma língua só delas. Afinal, ambas são guardas e responsáveis por enfrentar, quando necessário, as kardamas. Matar um inimigo é o tipo de experiência que faz as pessoas se entenderem sem precisar de muitas palavras.

Um dos cães puxou o peixe e saiu correndo antes que fosse atacado. Os meninos voltaram com a pesca e não falamos mais sobre o assunto.

Assamos os peixes em uma fogueira na praia e voltamos para a vila. Felizes com o tempo de descanso e prontos para voltar à rotina no dia seguinte.

Hoje, dois dias após nosso passeio na praia, fui até o campo de treinamento dos guardas para fazer uma entrega a pedido do tio Andrei e pude observar um pouco como os guardas se preparam para o combate. O corpo de Gael parecia pesado durante a luta, atingindo o adversário com o impacto de um rochedo. Já Khalila e Sarai tinham movimentos leves, embora rápidos e constantes. Os três eram igualmente fortes, e ainda assim diferentes.

Ao longo da vida, Sarai teve que dançar. Dançou quando o Hesed se manifestou nela, aos sete anos. Dançou enquanto escondia sua verdadeira identidade para preservar a própria vida. Dançou quando a kardama da mãe tentou matá-la por pertencer ao povo inimigo. Dançou quando chegou a um lugar estranho e teve que buscar uma nova família. Dançou quando, ainda criança, salvou a minha vida durante o Shakach, e a vida de outras três crianças pequenas.

Sarai sobreviveu dançando, como só mulheres podem fazer. Sou grata por tê-la aqui, ensinando-me a dançar também.

Obrigada por me enviar uma irmã.

Com todo meu amor,
Joana, filha de Malkiur e dançarina

LIBÉLULA

~ 09 ~

VISITANTE NOTURNA

De: Joana Watanabe
Para: Malkiur e O Rei Bom, na Ilha de Espera
30 de Plutão de 2937

Amado Malkiur,

As noites em Itororó são muito diferentes das que passamos na estrada.

Aqui temos um cobertor e uma cama confortável. É raro sermos acordados por animais, exceto os pássaros pela manhã, e não temos que sair correndo quando chove. Contudo, notei que algumas coisas não mudaram quando alguém bateu na minha janela, na primeira semana que voltamos.

"O que está fazendo aqui?", perguntei para Khalila depois de abrir o vidro, enquanto ela colocava um pé para dentro do quarto.

"Acho que não consigo dormir na casa dos meus pais", respondeu, caminhando até a minha cama.

Ela se deitou e eu me acomodei ao seu lado.

– 51 –

"Algo errado com seu quarto?", perguntei, e ela balançou a cabeça em negação.

"Está da mesma forma como deixei", disse, enrugando a testa.

Khalila não me contou que o problema era com seus pais. Mas as unhas roídas disseram por ela.

Assim que saímos de Itororó, Khalila e eu chorávamos todas as noites. Éramos amparadas por Noah, que cantava velhas cantigas do nosso povo. Levei um tempo para entender que a garota também se sentia órfã, apesar de os pais estarem vivos. Afinal, no momento em que mais se sentiu frágil, eles a mandaram embora.

"Preferia morar com Noah", ela contou outra noite.

"Eu também."

Khalila sorriu. Ela nunca usou a palavra rejeição, todavia era isso que seus ombros caídos e voz explosiva na presença dos pais anunciavam que sentia. De alguma forma, eu tinha inveja dela. Desejava ter pais para me rejeitarem. Parecia melhor do que não ter ninguém.

Deixei a janela aberta todas as noites desde então. Às vezes, Khalila entrava em silêncio e dormia no chão ao lado da minha cama. Outras vezes, ela se acomodava ao meu lado no colchão pequeno e conversávamos até pegar no sono. No entanto, ela sempre ia embora antes de o sol nascer.

Escrevo esta libélula observando o nascer do sol. Khalila ainda não apareceu. Fico feliz em pensar que ela está começando a se sentir confortável na própria casa. No entanto, o frio que entra pela janela parece mais cortante do que em qualquer outro dia. Acho que ela não era a única que precisava dessas visitas.

Talvez eu vá à casa dela na noite que vem.

Com amor,
Joana, filha de Malkiur

LIBÉLULA

~ 10 ~

É ASSIM QUE LUTO MINHAS GUERRAS

De: Joana Watanabe
Para: Malkiur e O Rei Bom, na Ilha de Espera
01 de Makemake de 2937

Amado Malkiur,

Chegou o mês de Makemake, por isso começamos os preparativos para o Natal.

Esta época do ano é especial para todo filho de Malkiur. Mesmo faltando semanas para o evento, uma energia diferente pulsa pela vila. Parece que o medo sai de férias e todos têm sorrisos calorosos a oferecer.

Em Aware o Natal acontece no verão. O sol sempre está a pino e as poucas crianças de Itororó passam a tarde correndo pela vila, sempre com a supervisão de alguns guardas. Para mim, como lunar, é uma época de trocas, uma vez que ajudamos os zeladores com a decoração para a festa.

Eu recortava desenhos e padrões em papel e Ayla montava as lanternas que iríamos espalhar pela vila. Ela estava calada enquanto fazia o trabalho, em contraste com todas as outras duplas que falavam sem parar.

"Tudo bem?", perguntei a ela.

"Hoje é aniversário do meu irmão", disparou Ayla, sem rodeios.

Ela não olhou nos meus olhos nem disse coisa alguma quando diminuí o ritmo dos recortes. Ayla era assim, sempre falava o que sentia como se fosse uma notícia cotidiana, deixando você digerir os sentimentos por ela.

"Quantos anos ele fez?", perguntei.

"Treze", ela respondeu, finalizando mais uma lanterna.

Eu me lembro do irmão de Ayla. Ele era uma criança de seis anos, com cabelos ruivos e sardas, que se agarrava à barra do vestido da irmã e ao coelho de luz que habitava no peito dela. Foi estranho encontrar uma família nômade de não espectrais com uma garotinha de treze anos que pertencia aos filhos de Malkiur.

A felicidade explodiu nela em forma de gargalhada quando Noah explicou quem era o coelhinho que a acompanhava dia e noite. Ayla já havia entendido e declarado que amava Malkiur, mas nunca tinham contado a ela como as coisas funcionam no nosso povo.

A tristeza também fez morada em seu coração quando os pais disseram que não viriam conosco. Mesmo triste, Ayla cantou para o irmão e o colocou para dormir, segurando um coelhinho de pelúcia que havia feito para ele. Khalila e eu pegamos a estrada segurando a mão dela, porque achamos que ela não conseguiria fazer o caminho sozinha.

"Eu só queria saber se ele está bem", ela disse, enxugando lágrimas das bochechas.

"Por Malkiur! Ele tem seu sangue, vai ficar bem", disse Amir surgindo atrás de nós de surpresa e puxando-a para um abraço. Ela se deixou envolver pela demonstração de amor.

"Ele amaria o Natal aqui", comentei quando Amir a soltou.

"Com certeza. Ele amava olhar as estrelas. Iria enlouquecer com as lanternas", respondeu Ayla, enxugando as lágrimas.

"Vamos fazer uma lanterna para ele", sugeri, e logo em seguida comecei a cortar o papel em forma de coelho.

Ayla sorriu ao entender que se tratava de um coelho. Amir se juntou a nós na tarefa e começou a cantarolar uma música que havíamos escrito alguns anos atrás, como um presente de Natal para Malkiur.

Suportamos, vivendo no cronos
Aguardando a chegada do seu trono
Esperando o derrubar das feras
Sabendo que é assim que eu luto minhas guerras
Com um forte clamor
É assim que luto minhas guerras
Com a força do seu amor

Ayla, Amir e eu cantamos a música juntos, finalizando as lanternas.

A letra da música grudou na minha mente por todo o dia. Em especial a parte que falava sobre o amor. Ayla deixou tudo por amor a Malkiur, e por amor aos de seu sangue ela sofre todo ano com a falta de notícias.

Peguei-me cantando enquanto lavava a louça. Tia Rebeca parou na porta da cozinha e abriu um sorriso sincero para mim. O primeiro que recebi em meses.

Vivemos em um lugar onde não podemos garantir a segurança de quem amamos. Mas é esse mesmo amor que nos mantém aptos para lutar.

Com amor,
Joana, filha de Malkiur

LIBÉLULA

~ 11 ~

Até os cotovelos

De: Joana Watanabe
Para: Malkiur e O Rei Bom, na Ilha de Espera
15 de Makemake de 2937

Amado Malkiur,

Faltam dez dias para o Natal.

Já comemorei o Natal algumas vezes, mas esta é a primeira vez, desde o Shakach, que vou comemorá-lo em casa.

Durante os anos em que Noah nos treinou para sermos semeadores, sempre comemoramos o Natal na vila mais próxima à nossa localização. Nunca ficávamos até o Ano Novo, e nunca trocávamos presentes. Não havia espaço para isso em nossas mochilas, nem dinheiro em nossos bolsos.

As comemorações eram diferentes em cada comunidade. Algumas silenciosas e com boa comida, outras agitadas com dança e música. Contudo, nenhuma jamais brilhava como a da Vila Itororó. Aqui, penduramos lanternas coloridas por todas as casas e as acendemos todo fim de tarde. As luzinhas espalhadas pela cidade me inspiram.

– 57 –

Hoje, por exemplo, passei o dia trancada no quarto com tinta até os cotovelos. Pintei os presentes que daria de Natal. Durante os anos na estrada imaginei um quadro que gostaria de pintar para cada um dos meus amigos, e hoje pude fazê-lo.

A possibilidade de presenteá-los me anima. Nunca fiz isso antes, embora eu mesma já tenha sido presenteada uma vez. No Natal em que eu tinha dezesseis anos, Gael me fez uma pulseira com cordas de cipó trançadas.

"Sei que não ficou tão boa pois não sou um lunar...", falou e deu de ombros, me entregando o presente. "Mas, feliz Natal."

Fiquei maravilhada com o gesto.

"Não precisava", eu disse na época, mas, desde então, a pulseira não sai do meu braço. Com frequência, ela está cheia de tinta.

"Precisava sim", ele respondeu. Continuou entregando presentes para meus amigos e completou: "Foi assim que o Rei Bom demonstrou seu amor: ele deu um banquete de presente no dia em que Malkiur nasceu, assim como no Dia da Graça Malkiur nos deu o Hesed".

No fim, todos tínhamos algo em mãos. Um prendedor de cabelo para Khalila. Uma flauta para Amir. Um coldre novo, ou uma tentativa de coldre malfeita, para Sarai. Uma pequena bolsa, também feita de cipós, para Ayla. Um caderno para Noah.

Dádivas muito maiores do que poderíamos sonhar.

"Você poderia ter dado uma torta de maçã para Amir, ao invés da flauta", reclamou Khalila.

Amir deu de ombros e continuou soprando notas fora de tom, enquanto tentava aprender a utilizar o instrumento.

Todos rimos e comemos, em uma noite iluminada apenas por nossas libélulas de feliz aniversário a Malkiur.

O quadro de Gael foi o último que pintei. Eu queria que, sempre que ele olhasse para o quadro, pudesse se lembrar daquela noite. Este será o primeiro que vou entregar. Daqui a dez dias, no Loa de Natal.

Por hoje fico com meu coração disparado e tinta seca até os cotovelos.

Com amor,
Joana, filha de Malkiur

LIBÉLULA

~ 12 ~

TODAS AS NOSSAS LIBÉLULAS

De: Joana Watanabe
Para: Malkiur e O Rei Bom, na Ilha de Espera
26 de Makemake de 2937

Amado Malkiur,

O Natal é uma grande festa de aniversário na qual todos ganham presentes.

Para a véspera, a tia Rebeca separou um vestido roxo para mim. Como você sabe, é a cor dos lunares, já que todos usam cores que correspondem às suas funções nas festas oficiais em Aware. Foi o primeiro Natal em que participei ativamente da comemoração. Amir tocou sua flauta e eu dancei.

"Pronta para servir e festejar", comentou Rebeca, ao terminar de trançar uma fita laranja, cor dos semeadores, em meus cabelos. "Tamar ficaria orgulhosa."

Contive as lágrimas para não chorar no vestido que um dia fora de minha mãe. Diferentemente de mim, ela não era uma lunar, mas gostava de confeccionar vestidos de todas as cores, o que fazia das poucas peças que tia Rebeca guardou a parte mais colorida de seu armário.

Encontrei Amir na porta de casa. Ele estava com um terno roxo escuro e uma fita laranja presa na lapela.

"Pronta?", perguntou com um sorriso. Eu disse que sim.

A festa foi um grande aglomerado de pessoas. Trocamos presentes e comemos a ceia, que foi servida em uma enorme mesa a céu aberto. Dançamos e cantamos a noite toda.

Encontrei Ayla com uma mancha de torta no vestido creme e um sorriso no rosto. Khalila usava o uniforme marrom e reclamava da aglomeração de pessoas. Noah recuperou de seu antigo armário um terno preto e uma camisa verde. Ele exalava a calma de quem está em casa. Amir tocou sua flauta como se não houvesse amanhã. Sarai e Gael, também uniformizados, fizeram a patrulha na entrada da vila. Todos com fitas laranjas presas nas roupas, para não se esquecerem do fato de que também são semeadores. Entreguei os presentes que havia preparado e ganhei mais do que pude imaginar.

O sorriso de Gael ao reconhecer a pintura fez meu coração palpitar.

"Acho que isto aqui vai ser a coisa mais bonita no meu quarto", ele disse com os olhos fixos na imagem.

"Disso eu não tinha dúvidas", comentei com um sorriso.

Ele levantou os olhos da tela e me fitou, como se quisesse dizer algo, mas não disse. Então me afastei, a fim de não atrapalhar sua ronda.

A festa foi linda do início ao fim, mas nada se comparou ao badalar da meia-noite. Todos nos sentamos onde estávamos. O Hesed deixou nosso peito. A raposa branca se deitou ao meu lado e repousou a cabeça em meu colo.

José, o chefe dos guardiões, subiu em um palanque e começou a ler o El Berith.

"Aqui está registrado o início, o meio e o fim", começou José. "Hoje celebramos o nascimento de Malkiur. Um bebê que veio em meio a tempos de trevas e nos trouxe luz."

Nesse momento, apagamos todas as lanternas penduradas pela vila e deixamos a escuridão reinar por alguns segundos.

"Que esta noite a Luz possa nascer de novo em nós."

Em meio ao breu surgiu uma libélula brilhante. Em segundos, eram enxurradas delas, todas subindo, rumo à Ilha de Espera. Saindo da boca de meu povo para encontrar seu destino nos ouvidos do príncipe Malkiur.

Nossas libélulas nascem no caminho entre o coração e a boca. Levam pedidos, louvores, agradecimentos e arrependimentos. Escrevo as minhas libélulas nestas cartas, para sempre lembrar do meu motivo para viver enquanto os seres dourados voam para encontrar você.

Tenho certeza de que continuaremos a comemorar o Natal com enxurradas de libélulas até que você volte e restaure nosso lar.

Feliz aniversário!

Com amor,
Joana, filha de Malkiur

LIBÉLULA

~ 13 ~

PINCÉIS E ADAGAS

De: Joana Watanabe
Para: Malkiur e O Rei Bom, na Ilha de Espera
26 de Makemake de 2937

Amado Malkiur,

Hoje percebi que amo surpresas.

O frio na barriga ao desembrulhar um presente e, de alguma forma, ver como outra pessoa me enxerga. Ayla olhou para mim de forma gentil e me deu um presente de lamber os dedos. Quase todos os outros me deram tintas alegres ou tecidos para fazer roupas para apresentações de dança. Eles fizeram borboletas gargalharem no meu estômago. Apenas o presente de Gael me deu um frio na barriga mais parecido com pequenas aranhas correndo sobre a pele.

Fiquei impressionada quando desembrulhei a adaga. Era do tamanho do meu antebraço e tinha um punhal esculpido em madeira e entalhado com o desenho do sol, símbolo dos filhos de Malkiur. O metal da ponta era brilhante e afiado.

"Depois do que houve no último Loa achei que seria bom você ter algo com que se defender", disse Gael.

Olhei para a arma e consegui vê-lo refletido em cada detalhe. Soube imediatamente que ele havia esculpido o cabo.

Quando Noah comprou pequenas facas para Gael, Sarai e Khalila após nosso encontro com a primeira kardama, Gael usava sua arma mais para esculpir madeira do que para treinar. Diferentemente de Sarai, que ficou muito boa com as pequenas armas brancas.

Não demorou muito para que Gael encontrasse um comerciante ambulante que aceitasse a faca e algumas codornas caçadas por ele em troca de um arco e flecha. Mesmo naquela época, em que Noah obrigava todos a saberem o mínimo acerca de manusear armas, eu nunca havia segurado uma por mais de dez minutos. Odeio ter que carregar armamentos, fato que Gael sabia muito bem, por isso tentou justificar o presente mais uma vez:

"Nem sempre haverá guardas por perto", afirmou, engolindo em seco.

Apertei o cabo da adaga tentando passar alguma confiança.

"Precisarei de aulas", forcei um sorriso.

"Posso resolver isso."

"Eu gostei do presente", completei depois de alguns segundos. "Só preciso me acostumar."

Gael sorriu e acenou uma despedida rápida.

Quando fui arrumar meus presentes, depois de escrever a carta anterior, deparei com a adaga. Guardei-a na gaveta de cima do móvel ao lado da cama. Desejei não precisar usá-la.

"Faça as aulas", recomendou tio Andrei, assim que cheguei em casa com os presentes e lhe contei tudo.

Naquela hora afirmei que faria. Contudo, ao olhar para a gaveta, percebi que tenho medo de admitir que habilidades em batalha me seriam úteis.

"Reconhecer que vivemos em uma guerra é fundamental. É preciso saber se defender e, em especial, aprender a sorrir", aconselhou Noah, pouco tempo depois de enfrentarmos nossa primeira kardama.

Creio que já consegui o mais difícil. Agora me resta aprender a manejar adagas tão bem quanto os pincéis.

Peço que me dê essa coragem.

Com amor,
Joana, filha de Malkiur

LIBÉLULA

~ 14 ~

Cartas até o Grande Retorno

De: Joana Watanabe
Para: Malkiur e o Rei Bom, na Ilha de Espera
02 de Mercúrio de 2938

Amado Malkiur,

Com a chegada de um novo ano me dei conta de duas coisas: aquele seria o primeiro que se iniciava sem que eu estivesse na estrada desde que me tornei adulta, e estamos um ano mais próximos do Grande Retorno.

"Mais próximos da cobra devorar o próprio rabo", disse Amir, no primeiro dia do ano, referindo-se ao modo como os teannins falam sobre a volta de Malkiur e o Rei Bom.

"Até onde eu sei as profecias não mencionam cobras canibais", rebateu Khalila, rindo.

Até mesmo para nós, as profecias do El Berith são muito enigmáticas sobre a volta de Malkiur. Mas, apesar de as metáforas descritas no livro sagrado terem seu grau de dificuldade de interpretação, o essencial nos foi ensinado com clareza. Um dia Malkiur e o Rei Bom vão voltar para acabar com Arhiman e com a guerra e vão reunir todos os filhos de Malkiur.

Parte do meu coração anseia para que o Grande Retorno chegue logo, a fim de que não precisemos mais lidar com os sofrimentos deste mundo.

"Cobras não", começou Sarai. "Ahriman revelará a pior e maior das kardamas. Quando eu morava com os teannins, eles diziam que será uma kardama voadora capaz de cuspir fogo pela boca."

"Acha que essa história de kardama que cospe fogo é real?", perguntou Gael.

Sarai deu de ombros.

"Real ou não, Malkiur vai cortar a cabeça dela se necessário e acabar com a guerra. E eu vou ver de camarote", afirmou Khalila, movimentando-se como se segurasse uma espada.

Qualquer pessoa fora do nosso povo que ouvisse essa conversa se sentiria com um peso no coração. Afinal, estamos falando sobre o fim do mundo como o conhecemos. Mas não os filhos de Malkiur. Vivemos esperando o Grande Retorno para soltar o grito de vitória preso em nossa garganta por tantas gerações.

"Enquanto não podemos comemorar, o que vocês pretendem fazer?", perguntou Ayla.

Todo ano temos a mesma conversa. Não é sobre metas ou objetivos. Aprendemos que na vida de semeador nada é tão concreto quanto o agora. A pergunta é uma forma de nos lembrar daquilo com que nos importamos.

"Vou continuar escrevendo cartas", respondi e me arrependi de imediato.

"Cartas?", questionou Khalila.

"Sim, para Malkiur. Vocês deveriam tentar."

Todos me lançaram olhares interrogativos.

"Talvez eu tente", disse Ayla por fim, com o sorriso amigável de sempre.

Foi estranho revelar sobre as cartas. Não que elas sejam segredo, mas pertencem apenas a nós dois. Para ser sincera, nem sei se terei a chance de entregá-las a você um dia. Escrevê-las é uma forma de relembrar tudo que você já fez por mim.

Guardar tudo enquanto não luto na batalha final.

Guardar tudo enquanto não posso olhar nos seus olhos e dizer essas palavras.

Enquanto escrevo esta carta o Hesed me observa, sentado do outro lado do meu quarto. Sei que a ligação entre você e ele é única, assim como a que temos. Lembro-me disso toda vez que olho para essa raposa de luz e, de alguma forma, sinto que você já está lendo as cartas, sentado ao meu lado, enquanto escrevo.

Não sei se os outros vão escrever para você, mas eu não pretendo parar.

Com amor,
Joana, filha de Malkiur

LIBÉLULA

~ 15 ~

Cartas são estúpidas

De: Amir Hakimi
Para: A quem interessar, na Ilha de Espera
06 de Mercúrio de 2938

Vossa Alteza,

A ideia de escrever cartas para Vossa Alteza, em uma ilha que não faço a menor ideia de onde fica, me parece estúpida. Ainda assim, aqui estou eu, escrevendo e nutrindo a esperança de que um integrante do exército alado virá buscar este pedacinho de papel.

Eu amaria ver um desses seres antigos com meus próprios olhos.

Esta carta não tem nenhuma intenção de apresentar assuntos importantes. Ela só existe porque Joana plantou a ideia na minha cabeça. Ela é muito boa em convencer pessoas, mas não diga isso a ela. Acabaria com minha reputação de não ouvir ninguém e só iria lustrar o ego dela.

Não que precise de muito para acabar com minha reputação. Meu pai tem se esforçado bastante para tal. Hoje de manhã, ele

– 69 –

jogou quase todas as minhas roupas fora e disse que eu deveria parar de me vestir como lixo. Isso me deixou com ódio.

Meu pai faz isso o tempo inteiro. Ele não diz, por causa de Joana, que também é artista, mas é evidente que preferia ter um filho guarda ao invés de lunar. Talvez se sinta mais satisfeito com as escolhas de Gael.

Ao menos acho que minha mãe ficaria feliz. Queria que ela estivesse aqui, contudo o Rei Bom a chamou para a Ilha de Espera. Não o julgo, sua presença era radiante.

Mas vou mudar de assunto. Você deve estar cheio de ouvir problemas familiares. Imagino que essa seja a mensagem que as libélulas mais entregam. Há poucos dias mesmo meu pai me explicou que "isso acontece porque Malkiur se importa com as famílias". Essas foram as exatas palavras dele.

Disso eu não discordo. Apesar de não ter irmãos de sangue, o Rei Bom me deu muitas pessoas para chamar assim. Não sei o que faria sem as broncas de Gael e Sarai, as palavras sábias de Ayla e a gargalhada de Joana. Talvez eu não sentisse falta das implicâncias da Khalila

Perdoe-me, Vossa Alteza, estou brincando. Eu sentiria, sim. Não sei viver sem ela também.

Aqui faço uma pequena pausa para dizer que minha doninha está me encarando com olhos que dizem *eu avisei que você deveria escrever a carta*.

No fim, esta carta é apenas uma mistura de pensamentos aleatórios, como quase todas as minhas libélulas a Malkiur. De todo modo, escrevê-la aliviou um peso no meu peito que eu nem sabia que carregava.

É bom poder conversar honestamente com alguém.

Até um dia desses,
Amir

LIBÉLULA

~ 16 ~

MELHOR NÃO LEMBRAR

De: Sarai Ahmed
Para: Meus comandantes que habitam na Ilha de Espera
09 de Mercúrio de 2938

Senhor Malkiur,

Joana disse que já possui uma coleção destas cartas. Hoje, indaguei-a sobre o motivo para escrevê-las, quando não há meios para enviá-las. Ela justificou que são uma forma de não se esquecer de suas libélulas.

Honestamente, acho que está negligenciando a bênção que é não se lembrar.

Existem muitas coisas das quais não me lembro da época em que morava com os teannins. No entanto, existem outras das quais nunca vou me esquecer, apesar de desejar isso com toda a sinceridade.

Joana certamente deseja lembrar porque não tem uma cicatriz que corta seu rosto como marca de todas as atrocidades que viveu.

"Você deveria se orgulhar dela", sugeriu Gael, cerca de um

mês após escaparmos com vida do Shakach. "Ao menos, está viva para carregar cicatrizes."

Fomos embora para esquecer.

Esse era o intuito de abandonar a vila. Ou de eu nunca falar sobre minha vida com os teannins, minha mãe biológica e as pessoas que tive de matar para me manter viva.

E embora eu considere o esquecimento uma bênção, Otto, pai de Khalila e chefe dos zeladores, ativou algumas memórias antigas quando me contou que a casa de Maria ainda estava vazia.

"Ela é sua", disse ele ao passar as chaves para as minhas mãos. "Como filha, você tem o direito de resgatá-la."

Ele omitiu a palavra adotiva.

Eu queria manter a casa fechada. Mas as memórias da mulher que me adotou insistiam em vir à tona sempre que eu tinha de fazer a ronda na vila e passava em frente à residência.

Nesta manhã, abri a porta da casa com relutância. A sensação de que estava abrindo um túmulo onde enterrei o passado não me abandonava.

Os móveis estavam no mesmo lugar de que eu me lembrava, embora cobertos de bolor e poeira. As plantas que Maria pendurava nas janelas cresceram e tomaram todo o parapeito.

"Elas continuaram resistindo, como nós", comentou Ayla, enquanto me ajudava a limpar a casa.

Não discordo dela nesse ponto. Eu a convidei para morar comigo. Não suportaria viver aqui sozinha.

O senhor deve estar se perguntando: Por que hoje?

Hoje seria aniversário de Maria. E apesar da dor que sinto ao me lembrar, disso não quero me esquecer.

Vou voltar para a arrumação antes que Ayla me veja escrevendo.

Com carinho, sua filha,
Sarai

LIBÉLULA

~ 17 ~

VIDA PEREGRINA

De: Ayla Olsen
Para: Malkiur e os habitantes da Ilha de Espera
09 de Mercúrio de 2938

Querido Malkiur,

Ontem, vi Sarai escrevendo uma carta para você. Não a interrompi. Não queria que me pegasse observando. Me perguntei se ela estava procurando o mesmo que eu.

Olhamos para esta casa de formas diferentes. Ela vê lembranças de um lar, eu vejo a esperança de ter um.

Desde que chegamos a Itororó, tenho vivido na casa de um casal de cuidadores já idosos. Eles são acolhedores, mas ainda assim não me sinto inteiramente confortável.

"Não recebemos ninguém há anos", disse a senhorinha, dona da casa, certa vez. "Como você é uma de nós, pode ficar o quanto quiser."

Passei os últimos meses com a mochila arrumada, para quando precisasse ir à próxima vila.

"Mesmo que haja uma próxima vila, sabe que sempre voltaremos para cá, né?", perguntou Khalila, certa noite em que foi me visitar. Suas palavras foram como uma espada transpassando meu peito.

Queria ver a situação com os olhos dela. Saber como é sentir que pode parar e viver em um único lugar.

Desde que nasci, migrei de pedaço de chão em pedaço de chão. A estrada foi minha sala de estar. O caminhar, meu jeito de brincar. Aprendi a dizer adeus com facilidade e viver com uma trouxa nas costas. Foram quase vinte anos assim.

Nisso me acho muito parecida com Malkiur. Afinal, a Ilha de Espera não é seu lar. Perdes é sua terra por direito e o castelo dourado, há muito perdido, sua morada. Até o Grande Retorno, posso dizer que somos parceiros desta vida peregrina.

Quando Sarai me fez o convite para morar com ela, não tive dúvidas de que era a coisa certa a fazer.

Limpei a casa de Sarai pensando em como deve ser ter paredes para pendurar o quadro que Joana me deu de Natal, ou um guarda-roupa para meus vestidos.

Talvez eu deva tentar desfazer a mala desta vez.

Com todo o meu coração,
Ayla, peregrina

LIBÉLULA

~ 18 ~

O LUGAR QUE DEIXEI PARA TRÁS

De: Gael Bazzi
Para: A realeza situada na Ilha de Espera
12 de Mercúrio de 2938

General Malkiur,

Nada mudou na minha casa.

Passar pela porta cor de caramelo sempre me faz retornar aos quatorze anos. O cheiro da comida da minha mãe é o mesmo. Ela ainda limpa a casa entoando canções antigas. Ainda costura vestidos que vende na feira da vila. Ainda me enche de beijos como se eu tivesse cinco anos. Uma pena que meu pai também não mudou.

Ele continua a evitar os Loas. Ainda sai escondido da vila para comprar bebida barata e não possui nem o Hesed, nem uma kardama. Ainda é um não espectral.

Minha mãe costumava dizer que com o tempo ele receberia o Hesed. Demos tempo e nada aconteceu.

"Você deveria deixar isso pra lá", instruiu meu pai quando eu tinha oito anos e ainda não havia recebido o Hesed. "O importante é viver em harmonia."

Acreditei nisso até o dia do Shakach. Poucas pessoas sabem que foi nesse dia que eu recebi o Hesed.

Meu pai olhou com algum desdém para o condor-dos-andes que passou a me acompanhar. Nunca pensei muito a respeito disso porque pedi para ir embora com Noah, mas acredito que o olhar dele tenha influenciado de algum modo a minha decisão repentina.

"Talvez ele invejasse você na época. Porque não era um filho de Malkiur", sugeriu Amir, antes de voltarmos. "As coisas podem ter mudado."

No entanto, tudo ainda estava como eu deixei. Meu pai ainda é um não espectral, e algumas pessoas ainda olham com desdém para minha mãe, por ter quebrado uma das leis do El Berith ao se casar com um homem que não pertence a nosso povo.

Minha mãe usou o amor como argumento para justificar o erro. Ainda que, aos 24, eu continue não concordando com a forma como ela se deu em casamento, entendo agora que o amor é mais complexo do que imaginava aos quatorze.

Estar apaixonado por Joana há quase um ano sem ter coragem de me declarar tem me levado a refletir sobre a complexidade desse sentimento.

Acordei esta manhã e deparei com meus pais rindo juntos ao tomar café. Era um riso sincero e, apesar de tantos anos, ainda apaixonado, o que só aumentou meus questionamentos sobre a dificuldade de escolher a pessoa certa para casar.

Sei que minha mãe carrega o peso pelo fato de que o espectral do meu pai ainda não se manifestou, assim como eu também carrego. No entanto, ela também carrega a esperança de que o Hesed se manifeste, e que um dia nossa família esteja completa.

Ao ouvir a risada dos dois esta manhã, também tive esperança.

Venho por meio desta carta fazer um pedido ao Rei Bom e a Malkiur. Seria possível revelar o espectral antes que mais um ano termine?

Agradeço a atenção dos senhores.

Até breve,
Gael

LIBÉLULA

~ 19 ~

Aquela que é invisível

De: Khalila Kohler
Para: O Rei Bom e o príncipe da esperança, na Ilha de Espera
27 de Mercúrio de 2938

Príncipe Malkiur,

Ninguém se lembra do nosso nome quando temos outros nove irmãos. Isso é comum em casas cheias, assim como ter que brigar para repetir a comida. Sempre precisei lutar com meus dois irmãos mais velhos pelo café da manhã. Me tornar uma guarda facilitou esse processo.

Hoje foi um dia conturbado. Na próxima semana, chegam não espectrais para serem ensinados pelo nosso povo e para conhecerem as palavras do El Berith. Como filha de zeladores, nunca recebi a atenção de que gostaria. Meus pais estão sempre ocupados demais com as necessidades do nosso povo, até para me ouvir falar do treino. Foi por isso que dispensaram todos os filhos pequenos após o Shakach. Para se concentrar em reconstruir Itororó. Anos depois, eles ainda agem da mesma maneira.

– 78 –

Por que o Rei Bom deixou que eles tivessem tantas crianças se não são capazes de nos colocar na cama e dar um beijo de boa noite?

Não queria escrever para reclamar, em especial em minha primeira carta, porém a cada noite que me forcei a dormir em casa minhas olheiras aumentaram, pois eu não conseguia pegar no sono. Não paro de pensar que não sou bem-vinda aqui.

A grande ironia nisso tudo? Meus pais estão preparando uma festa de boas-vindas para estranhos, neste exato momento.

Irônico que eles saibam o nome de todos os doze não espectrais que vão chegar, mas não se lembrem do meu.

"Allice, pode fazer a guarda dos convidados semana que vem?", perguntou minha mãe, ontem à noite.

"Claro", foi tudo que consegui dizer, com os dentes cerrados.

Queria lembrar a ela que Allice tem apenas quatorze anos e ainda mora com meus tios em outra vila, mas não o fiz. Em vez disso, hoje decapitei um boneco de treino e resolvi escrever enquanto Ayla costurava a cabeça do boneco de pano no lugar para mim.

Ao menos sei que Malkiur é capaz de se lembrar do meu nome.

Escrever acalmou meus nervos e permitiu que o guepardo de luz retornasse para o meu peito. Talvez seja uma alternativa melhor para extravasar a raiva do que a decapitação.

Perdoe-me pela mágoa que venho cultivando. Juro que estou tentando melhorar (e evitando decapitar uma pessoa de verdade).

Até o nosso encontro,
Khalila

Parte II

EXTRÍNSECO

LIBÉLULA

~ 20 ~

A CHEGADA

De: Joana Watanabe
Para: Malkiur e o Rei Bom, na Ilha de Espera
28 de Mercúrio de 2938

Amado Malkiur,

Durante a minha jornada para aprender a ser uma semeadora, nem sempre fui recebida em uma nova vila com hospitalidade. Mesmo dentro do meu povo as relações são complicadas, e estrangeiros sempre são estrangeiros.

Em alguns lugares, as pessoas sentiam que estávamos lá para roubar algo delas. Quando estávamos entre não espectrais, quase sempre éramos tratados como "aqueles que vieram destruir nosso modo de vida" ou o "povo que veio impor seu rei".

Eu me acostumei com a rejeição, mas não desejo o mesmo a ninguém. Por isso, dei o meu melhor ao recebê-los. Os não espectrais chegaram a Itororó hoje pela manhã. Eram doze ao todo e foram conduzidos por um grupo de semeadores. Como de costume, nós os recebemos com um banquete e roupas limpas.

– 83 –

Os motivos de se juntarem aos filhos de Malkiur são muitos, e quase nunca por interesse real pelo Príncipe Herdeiro. Muitos estão em busca de comida e abrigo, fugindo de velhas intrigas ou dos ataques de teannins. Aprender a nossa cultura é um pequeno preço a se pagar em troca de casa, comida e proteção.

Apesar de não virem até nós pelo desejo de conhecer Malkiur, temos que apresentar a eles o que está escrito no livro sagrado. Desse modo, caso seja da vontade do Rei Bom, um dia essas pessoas receberão o Hesed e integrarão nosso povo. Por isso, é nosso dever acolher os estrangeiros.

Apesar disso, hoje havia poucas pessoas no almoço de boas-vindas. O medo tem nos feito reféns em nossas próprias casas e o preconceito, nos afastado de nossa única missão: propagar o amor de Malkiur e a salvação que veio com seu sacrifício.

Para lutar contra isso, eu me fiz presente. Vesti uma camiseta laranja queimada com fitas roxas trançadas no cabelo, pois queria usar tanto as cores dos semeadores quanto a dos lunares. Conversei com todos os não espectrais usando meu melhor sorriso. Eles estavam tímidos, porém animados.

Gael, Khalila e os outros também recepcionavam os recém-chegados, todos com elementos laranja nas roupas. Senti orgulho de ver nosso pequeno grupo se fazendo presente ali, dispostos a trabalhar e cumprir nossa missão como semeadores.

Parte de mim sentia falta disso: poder ouvir pessoas que não são do nosso povo e apresentar a beleza de Malkiur. Meu pai costumava dizer que coisas belas e distantes prendiam a minha atenção — não à toa eu implorava para ficar na praia até o sol se pôr. O horizonte na Praia do Poente era o mais bonito, e mais distante, que eu havia contemplado até os meus dez anos.

"Joana", chamou-me tio Andrei. "Este aqui é Adônis. Fomos designados para hospedá-lo."

"É um prazer", eu disse ao apertar a mão do jovem.

Adônis abriu um sorriso largo, e uma mecha de seu cabelo ondulado escuro caiu sobre os olhos castanhos.

"Você viu sua tia? Gostaria de apresentar Adônis para ela", perguntou Andrei.

Dei de ombros.

"Vou procurá-la", falou meu tio, me deixando com Adônis.

"Como tem sido a recepção?", perguntei.

"Boa, são todos muito simpáticos", falou ele.

"Você nasceu em qual região?"

A maioria dos não espectrais vivia uma vida peregrina, por isso prefiro perguntar a eles onde nasceram em vez de onde moravam.

"Estou indo de um lugar para outro há tanto tempo que nem me lembro o nome do ajuntamento em que nasci. Sei que ficava próximo às montanhas do sul de Aware."

"Nunca fui àquela região. É praticamente do outro lado do continente."

Adônis balançou a cabeça em afirmação.

"Mas você e seus tios não são de Aware, certo? Quero dizer, vocês não se parecem com as pessoas que nasceram aqui".

Abri um sorriso com o comentário dele. A confusão com minha aparência era algo comum.

"Por ficar na costa de Aware, Itororó é uma vila formada de peregrinos vindos de todos os três continentes. Eu herdei da minha mãe os olhos amendoados e os cabelos lisos e negros característicos de quem nasce em Ebenézer", comecei a explicar e segui apontando para os meus amigos, que estavam espalhados conversando com os outros não espectrais. "Gael e Sarai têm a pele negra dos moradores do continente de Goel.

Khalila, Noah e Amir têm pele parda, cabelos espessos e nariz grande, traços característicos dos moradores de Aware. Ayla possui pele clara e cabelos cor de fogo, mais comuns no continente gelado de Ereb. Apesar disso, Malkiur conduziu nossos ancestrais até essa vila e usou uma tragédia para nos unir."

"Malkiur é a divindade de vocês?", perguntou Adônis.

"Sim. É o herdeiro de toda Perdes."

Antes que eu pudesse continuar falando sobre Malkiur, meu tio apareceu e levou Adônis embora, para conhecer minha tia.

Passei a tarde conversando alternadamente com os doze não espectrais. Muitos estavam desconfiados e eu sabia que não sairia dali com grandes laços de amizade. Ainda. Os laços feitos naquele almoço são de areia e necessitam de muito trabalho, porém estou disposta a torná-los firmes como o aço.

Ao final da recepção, os não espectrais foram conduzidos para as casas que os hospedariam e o resto de nós retomou as atividades cotidianas. Não tive oportunidade de conversar novamente com Adônis até o jantar, e ainda assim trocamos apenas poucas palavras, já que tio Andrei estava contando a ele como a vila funcionava e mal deixava outra pessoa falar. Fui para a cama com a missão de conversar mais com Adônis no dia seguinte.

No entanto, de madrugada, enquanto tentava finalizar esta carta, desci para beber água e o encontrei debruçado sobre a mesa da cozinha.

"Oi", eu disse.

"Oi", ele respondeu, levantando a cabeça.

"Sem sono?"

"Na verdade, acho que é medo de dormir. Isto tudo parece um sonho... Sinto que se eu me deitar tudo em volta vai sumir."

Eu sorri. Conhecia bem a sensação. Ela se apoderava de mim nos momentos felizes que vivi na estrada, após o Shakach.

"Garanto que não vai."

Ele retribuiu o sorriso, porém seus olhos não compartilhavam da alegria em seus lábios.

"Tive esse mesmo diálogo com meu pai na noite em que o mataram."

Adônis me contou da morte do pai, que aconteceu em meio a uma batalha entre teannins e filhos de Malkiur. Foi muito triste ouvir a história de outra pessoa ficando órfã.

Enquanto eu escutava, mil agulhas perfuraram meu peito, revivendo a dor que faço questão de afogar a cada dia.

Vi em seus olhos a solidão de não ter com quem contar.

Subi para o quarto decidida a mudar aquele olhar. Aqui em Itororó encontrei uma família, e posso ajudar Adônis a encontrar uma também.

Malkiur o trouxe até aqui. Talvez fosse necessário que nos encontrássemos, afinal.

Com amor,
Joana, filha de Malkiur

LIBÉLULA

~ 21 ~

ÓRFÃOS SE RECONHECEM

De: Amir Hakimi
Para: A quem interessar, na Ilha de Espera
10 de Vênus de 2938

Vossa Alteza,

Ayla resolveu dar um jantar. Para falar a verdade, eu acho
que foi ideia de Joana. Ela vem tentando aproximar Adônis
de todos nós. Às vezes, identifico no olhar dela aquele foco de
quem tem um objetivo claro. Quando Joana coloca algo em
mente, é difícil fazê-la mudar de ideia.

"Ele é legal", confessou Ayla, enquanto a ajudava a colocar
a mesa. "Tem ajudado nas plantações, e me faz muitas perguntas sobre Malkiur."

Tive poucas conversas com Adônis desde que ele chegou.
Apesar de estar sempre sorrindo e ser bem-educado, ainda
está um pouco fechado. Como é de se esperar de não espectrais recém-chegados.

A animação que eu tinha para conhecer Adônis melhor foi
drenada pela cara amarrada de Gael, sentado à mesa.

– 88 –

"Melhor relaxar", sugeri, entregando-lhe um copo de suco.

Ele não me respondeu, apenas virou o copo na boca e tomou todo o suco de uma só vez.

Joana, Adônis e Khalila chegaram juntos, rindo de alguma coisa.

"Posso saber a piada?", perguntei quando se aproximaram.

"Não", retrucou Khalila. "Você acabaria com ela."

Antes que eu pudesse lhe dar uma resposta Ayla avisou:

"Está na mesa."

"É assim que você me trata na frente do nosso convidado?", fiz birra com Khalila, que me ignorou e foi se sentar ao lado de Sarai.

"Ela é rabugenta assim mesmo, vai se acostumando", eu disse para Adônis quando ele passou por mim. Ele sorriu e se juntou aos demais na mesa.

"Amir, estou ouvindo você me difamar", gritou Khalila, enquanto eu me sentava.

"Vamos logo, vocês dois, estou com fome", repreendeu Sarai.

Quando todos estavam acomodados, Ayla terminou de servir a comida. Eram batatas assadas com alecrim e cheiro verde, arroz, lentilhas e a carne de caça de uma capivara que Gael havia abatido.

"Estamos felizes de ter você conosco, Adônis", afirmou Ayla, antes de fecharmos os olhos para mandar uma libélula a Malkiur em agradecimento pela comida.

Abri os olhos e vi que Adônis estava de cabeça abaixada, como nosso costume ao falar com Malkiur. Ao menos ele estava se esforçando para respeitar nossas tradições.

A noite voou como as andorinhas antes de o sol nascer. Adônis se enturmou mais rápido do que eu esperava. O único entre nós de quem ele não se aproximou foi Gael, que manteve a cara fechada durante todo o jantar. Posso apostar que está com ciúmes de Joana, pois desde que Adônis chegou ela anda com ele para cima e para baixo e Gael não suporta vê-la próxima de outro rapaz. Se fosse um pouco mais corajoso e se declarasse não precisaria se morder de ciúmes. Ainda mais por situações hipotéticas.

Quando estávamos levando os pratos à cozinha, puxei Joana de canto para uma conversa.

"Ele é órfão, não é?", sussurrei. Joana pareceu espantada com minha conclusão perspicaz.

Adônis havia mencionado o pai duas vezes ao longo da noite e era visível a tristeza no olhar ao falar a respeito. Além disso, não falou nada sobre a mãe.

Eu sabia que Joana estava muito empenhada em fazê-lo se enturmar. Tudo bem que ela tinha um histórico de se dar bem com não espectrais, mas eu conseguia perceber que existia algo mais em todo aquele esforço.

Ela não me perguntou como soube, apenas assentiu em silêncio.

"Vou ajudar você com isso", eu disse. Joana me deu um beijo na bochecha, agradeceu e se afastou.

Adônis me pareceu ser boa pessoa. Quando minha mãe morreu, as pessoas naquela sala me impediram de me afundar no abismo do luto. São bons amigos.

Assim como acolhemos Ayla, anos atrás, podemos acolher Adônis. E fazer por ele o que os outros fizeram por mim e por Joana: nos dar uma nova família.

Se na mesa de Malkiur sempre cabe mais um, que dirá na nossa.

Até um dia desses,
Amir

LIBÉLULA

~ 22 ~

Laços de aço

De: Joana Watanabe
Para: Malkiur e o Rei Bom, na Ilha de Espera
10 de Vênus de 2938

Amado Malkiur,

O jantar de hoje na casa de Sarai foi um sucesso. Sabia que Ayla entenderia quando fui pedir ajuda. Ela não hesitou, nem por um segundo, quando lhe pedi para preparar a comida. Eu precisava de algo que conectasse Adônis a outras pessoas, e comida é sempre uma desculpa perfeita para uma reunião.

Ele vem aprendendo sobre nossos costumes com tio Andrei e já mostrei todos os lugares da vila para ele, com exceção da Casa da Aliança, em razão da regra que impede que não espectrais tenham contato com o El Berith antes de estarem por no mínimo dois meses conosco. Contudo, ele se limitava a ir até as plantações, onde começou a trabalhar com os demais recém-chegados, e voltar para casa. Falava pouco e apenas com pessoas do seu convívio diário.

Adônis sempre foi muito simpático, mas senti-lo distante me preocupava. Os primeiros meses junto aos filhos de Malkiur são fundamentais para os não espectrais. Boa parte deles vai embora durante esse período. De fato, quatro dos que chegaram com Adônis já partiram. Eu não podia deixá-lo ir sem ao menos fazer sua primeira leitura do El Berith. Visitar a Casa da Aliança e ler o livro é uma das minhas memórias mais importantes após o Shakach.

Pouco antes de Noah nos levar para iniciarmos o treinamento como semeadores, nós tivemos um momento na Casa da Aliança, com o livro sagrado. Ler a consolação escrita pelo Rei Bom para mim, e as promessas de que um dia eu reencontrarei meus pais, no Grande Retorno, me mantiveram firme até hoje.

Não sei para qual governante os pais de Adônis se inclinaram antes de morrer. Mas sei que Malkiur é piedoso com todo aquele que o procura. E eu não podia deixar Adônis ir embora do nosso meio sem saber disso. Reunir meus amigos foi uma forma de fortalecer possíveis ligações que o façam ficar.

"Obrigado por hoje", agradeceu Adônis, enquanto voltávamos para casa. "Vou agradecer aos outros depois", completou.

"Não foi nada", respondi sorrindo.

"Vocês sempre recebem bem assim as pessoas?", perguntou Adônis.

Dei de ombros. Com exceção de Ayla, nunca havíamos recebido ninguém.

"É nosso dever como filhos de Malkiur", respondi.

"Mas nem todos agem dessa forma", retrucou Adônis. Tive medo do tipo de tratamento que ele recebeu antes de chegar em Itororó.

Apesar de ser nosso dever tratar os não espectrais com amor, não é raro que mesmo os filhos de Malkiur falhem nessa tarefa.

Andamos mais um pouco em silêncio, pois eu não sabia como responder. Quando chegávamos em casa, Adônis disse:

"Pode ficar tranquila, eu não vou embora. Até porque Amir me convidou para caçar coelhos."

Tive de conter a gargalhada enquanto destrancava a porta da frente com medo de incomodar meus tios, que já deveriam estar dormindo.

"O que foi? Falei algo errado?", ele perguntou. Balancei a cabeça em negação.

"Amir não caça. Ele não sabe segurar nem um canivete, quanto mais um arco. Gael, por outro lado, é muito bom. Ele nunca erra o alvo."

"Amir comentou algo sobre isso. Me sinto melhor em saber que não serei o único passando vergonha", disse Adônis.

"Com certeza não será."

O quarto de Adônis ficava no puxadinho que construímos quando retornei, um andar acima de onde ficavam o meu e o dos meus tios. Quando passou por mim rumo à escada, ele me desejou boa noite e, sem aviso, depositou um beijo na minha bochecha. Fiquei estática e sem palavras enquanto o observava subir os degraus.

Entrei no quarto e me apressei a escrever esta carta. Estou feliz que ele esteja se sentindo aceito, e que Gael e Amir também estejam me ajudando com isso.

Espero, em breve, ver os frutos dessa nova amizade.

Com amor,
Joana, filha de Malkiur

LIBÉLULA

~ 23 ~

Espelho de mim

De: Ayla Olsen
Para: Malkiur e os habitantes da Ilha de Espera
27 de Vênus de 2938

Querido Malkiur,

Há algumas semanas Adônis e os demais não espectrais começaram a trabalhar junto aos zeladores nas plantações. Ele faz parte do meu grupo, cuja função é a colheita.

Quando se inicia nesse trabalho, a primeira sensação é a de que não dará conta da demanda assustadora. Um conjunto de regras tão rigoroso, no meu ponto de vista, não existe na maioria dos lugares debaixo do sol.

Os filhos de Malkiur são muito organizados. Ainda que nem tudo funcione, eles se esforçam.

Como não espectral, aprendi a me virar com o que é possível, não com o ideal. Ser semeador é parecido. Você pega a estrada em busca de não espectrais e os conduz até as doces palavras de Malkiur. Tudo na estrada é caótico e você não pode contar com muitos companheiros — além de ser imprevisível. Já as plantações são calmas, organizadas e os dias na vila se tornam quase iguais. Por isso fico feliz em ter alguém como Adônis por perto. Que viveu anos como peregrino e entende o quão confuso é o trabalho no início.

Ele tem a disposição para aprender, ainda que carregue essa energia caótica em tudo que faz. Entender que existe um tempo de colher e um de plantar, e que se pode habitar o intervalo entre os dois, é complicado para nós, que nunca tivemos tempo para calmaria.

"Você não nasceu aqui, né?", ele me perguntou, em uma das primeiras manhãs de trabalho.

"Nasci não espectral", respondi.

Na prática, todo ser humano nasce não espectral e ao longo da vida opta por um povo. Porém, aqueles que nasceram em Itororó cresceram com certos fundamentos que levei tempo para compreender.

"Você demorou para se sentir em casa?", Adônis não olhou para mim quando fez a pergunta.

"Sim..." Não revelei que ainda não me sentia exatamente em casa.

Ele terminou de recolher as espigas de milho e as colocou no cesto, antes de se afastar.

Vejo nele um pouco de mim — como eu era antes de receber meu coelho de luz. Alguém que faz a si mesmo perguntas difíceis de serem respondidas por meros seres humanos.

"Espera!", gritei e o segui, com espigas quase caindo do meu cesto. Ele ficou parado no meio do caminho, à minha espera.

"Se precisar de alguém para conversar, pode me chamar quando quiser", eu disse.

Adônis sorriu em resposta e perguntou, enquanto caminhávamos:

"Você encontrou paz quando se tornou filha de Malkiur? Digo, a guerra dá trégua por aqui?" Seu olhar estava distante e me lembrei do que Joana havia me contado sobre a morte do pai dele.

"A guerra nunca dá trégua. Contudo, encontrei paz, sim." O coelho de luz correu à nossa frente.

Eu gostaria de conseguir pôr em palavras o que é sentir paz em meio à guerra. A morte está ali, comendo pelas beiradas, assim como os monstros. Todavia, nem ela é definitiva. A presença do Hesed em nosso meio é a prova de que um dia, no Grande Retorno, a guerra terá fim. Os monstros vão evaporar e nenhuma dúvida mais vai percorrer meu coração.

Não haverá mais rachaduras, nem no chão de terra batida, nem em mim. A presença do Rei Bom será suficiente. Encontrarei, por fim, um lar.

"Não sei explicar... Lemos sobre essa paz no El Berith. Posso mostrar em quais partes", falei, quando estávamos quase chegando a Itororó.

"Pode ser", respondeu Adônis.

Emendei nossa conversa com uma série de histórias extraídas do El Berith. Ele me ouviu com atenção enquanto contava cada uma delas.

Concluímos as tarefas do dia e, como de costume, Adônis foi encontrar-se com Joana.

Essa conversa me lembrou porque escolhi ser semeadora. Espero que Adônis encontre as respostas que procura.

Com amor,
Ayla

LIBÉLULA

~ 24 ~

O PEDAÇO QUE FALTA

De: Joana Watanabe
Para: Malkiur e o Rei Bom, na Ilha de Espera
12 de Marte de 2938

Amado Malkiur,

Conversar com Adônis tem gerado uma sensação gostosa e ao mesmo tempo incômoda de fagulhas no meu estômago.

Criamos o hábito de trocar histórias no fim de tarde, enquanto retornamos para casa, eu vindo dos lunares e ele das plantações. É um caminho breve, mas sempre cheio de sorrisos.

"Você deveria escrever um livro", sugeri para Adônis dia desses, quando voltávamos para casa.

"Não tenho habilidades artísticas, é por isso que estou nas plantações."

"Não. Você está lá porque é o único lugar permitido para não espectrais trabalharem."

Ele deu de ombros, como se isso fosse mudar em breve.

"Talvez eu tente", falou, por fim, "se você prometer ilustrá-lo."

– 97 –

Disse que pensaria no assunto e dei a conversa por encerrada.

Nas últimas semanas, fiquei bem próxima de Adônis e nossas conversas fizeram algo em mim se acender. Uma chama que queima um pouco mais forte a cada dia, como pequenos fósforos, tentados a cair e incendiar um grande barril de pólvora.

Me pergunto se queimar seria bom ou ruim. Enquanto não encontro a resposta, eu desenho.

A maioria dos desenhos é inspirado nas histórias que ele me conta. A dor do inverno nas montanhas. A última pescaria com o pai. A batalha que o deixou órfão.

Relembro a dor e a raiva no olhar de Adônis quando me disse que não sabia se a flecha que matou seu pai era de um filho de Malkiur ou de um teannin.

"Foi essa guerra sem sentido que matou meu pai."

Essa fala dele originou um dos meus desenhos mais tristes.

Passei a pendurar os desenhos nas paredes do meu quarto. Olhando-os de longe, pareciam se completar, contando a narrativa por si sós, de uma forma que, mesmo que você nunca tivesse ouvido uma palavra da boca de Adônis, através deles seria possível montar toda a história de sua vida.

O meu favorito é o do primeiro Loa de Adônis.

Foi uma noite agradável. Sem ameaças das kardamas, com a leitura e ensino do El Berith, boa comida e a presença de todos os que amo, divertindo-se juntos.

Pela primeira vez desde que voltei, me senti em casa. Consegui olhar para esta vila não como o lugar onde meus pais morreram, mas como o lugar no qual eu posso reconstruir aquilo que me foi tomado. Cada pessoa naquele Loa foi responsável por essa sensação. Inclusive Adônis.

Fiz esse desenho enquanto estava sentada na mesa da cozinha, tomando uma xícara de chá de amoras.

"Tem um pedaço faltando?"

Dei um pulo na cadeira pois não vi Adônis chegando, em silêncio no escuro

"Por Malkiur, não me assuste assim", falei com a mão no peito.

Ele me fitou e chegou mais perto.

"Desculpa, não foi minha intenção."

"Tudo bem", eu disse e, aos poucos, senti o coração voltar ao ritmo normal. "Vou desenhar o Hesed no espaço em branco da folha. O animal de luz ao lado de cada um."

"E o que vai estar ao meu lado?", ele perguntou.

"Eu não sei", respondi com um nó na garganta.

Meu coração se apertou tanto ao dar essa resposta. Ele deu de ombros e falou:

"No fundo, todos temos um pedaço que falta. Espero que não demore para você descobrir o que desenhar aí."

Ele foi até a pia, encheu um copo de água e continuou a falar:

"Até lá eu espero continuar aparecendo em seus desenhos."

Então se virou para mim e sorriu.

"Você vai", respondi rápido demais. Minhas bochechas coraram ao pensar que todos os desenhos pendurados na minha parede eram inspirados em histórias *dele*. Os olhos castanhos de Adônis pareceram brilhar com minha resposta. Ele bebeu a água e falou:

"Vou deixar você trabalhar em paz. Boa noite, Joaninha."

"Boa noite", respondi, estranhando o apelido que ele usou pela primeira vez.

Voltei para meu desenho, mas não consegui desenhar nada no espaço vazio do papel ao lado de Adônis, então coloquei o rascunho de lado, inconcluso.

Hoje, desenhei uma de nossas conversas voltando do trabalho. Não tão certa do que significava me desenhar no meio de tudo isso. Porém feliz, por estar ali de alguma forma.

Feliz por estar em Itororó.

Feliz pelos dias de paz.

Feliz pela chegada de Adônis.

Agradeço Malkiur por ter trazido Adônis até nós. Ele tem me ajudado a preencher os pedaços do meu coração que estão em falta.

Com amor,
Joana, filha de Malkiur

REGISTRO

~ 25 ~

LIVRO DE CRÔNICAS DOS FILHOS DE MALKIUR

Página 1577
Referente ao paradeiro dos manuscritos originais do El Berith

Este documento foi organizado desde que Malkiur partiu para a Ilha de Espera, por gerações e gerações de guardiões. Toma como base os relatos no El Berith e a tradição passada em histórias orais. Vale lembrar que apenas o El Berith é a verdade; o resto são fatos históricos que podem ser questionados.

E aconteceu que, no trigésimo ano, no quinto dia do mês de Marte, estando eu no meio dos cativos capturados na batalha de Quedar, junto ao rio, se abriram as nuvens e sobre nós veio Malkiur.

E disse-me: Filho de Malkiur, põe-te em pé, e falarei contigo.

Então veio sobre mim um espírito de luz, que se manifestou como um cão selvagem. Fiquei de pé e ouvi o que me falava.

E disse-me: Filho de Malkiur, eu te envio àqueles que não possuem o Hesed e se rebelaram contra mim até este dia. Eu

– 101 –

te envio a eles e lhes dirás: Assim diz Malkiur, o príncipe herdeiro das terras de Aware. Quer eles ouçam, quer não, saberão que esteve no meio deles um guardião da minha palavra.

Trecho extraído do vigésimo sexto livro do El Berith[*]

Falou o Rei Bom ao guardião, dizendo:

No mês de Mercúrio, no primeiro dia do mês, abrirás em rocha uma caverna e lá construirás uma casa para a minha palavra e porás nela o livro que hoje te dou, e selarás a entrada."

Trecho extraído do segundo livro do El Berith[**]

Dadas essas ordens, o El Berith foi repartido em 66 partes e distribuído aos primeiros guardiões, chamados pelo próprio Malkiur. Cada guardião escavou a pedra e escondeu o pedaço sob sua posse. Não existe nenhum mapa que possa nos levar a qualquer pedaço original do livro.

O paradeiro das 66 partes continua desconhecido até hoje.

<u>Nota acrescentada pela autora referente às cópias do El Berith que estavam de posse dos filhos de Malkiur no ano de 2938.</u>

Os cinco exemplares do El Berith, que estavam em posse dos filhos de Malkiur sitiados em Itororó, eram cópias idênticas aos originais, feitas no modelo da primeira cópia realizada, que se encontra guardada na cidade de Ezer.

Os filhos de Malkiur em Itororó alegaram não estar de posse de mais nenhuma cópia e, assim como os demais de seu povo, não ter informações sobre o paradeiro de nenhuma das 66 partes.

[*] Inspirado em Ezequiel 1.1 e Ezequiel 2.1-5.
[**] Inspirado em Êxodo 40.1-3.

LIBÉLULA

~ 26 ~

PODE TOCAR, NÃO QUEIMA

De: Sarai Ahmed
Para: Meus comandantes que habitam na Ilha de Espera
25 de Marte de 2938

Senhor Malkiur,

Nenhum não espectral jamais pode entrar na presença do El Berith antes de conviver dois meses conosco.

"É um processo padrão em todas as vilas", explicou José, quando me chamou para ser uma das guardas que acompanharia a primeira visita dos recém-chegados, dois dias após a chegada dos não espectrais.

"Porém, preciso pedir outra coisa a você", continuou o guardião, sério. "Devido aos últimos acontecimentos no Loa e à capacidade dos teannins de se esconderem no nosso meio, designei um guarda para vigiar cada não espectral recém-chegado."

José me passou um papel pela mesa com um nome, como se não tivesse certeza se era seguro dizê-lo em voz alta, apesar

– 103 –

de estarmos no seu escritório. Maia, a chefe da guarda, esperava ao lado de fora. No papel estava escrito: *Adônis*.

Desde então, passei os últimos meses com foco na minha missão: vigiar Adônis e garantir que nada acontecesse aos meus amigos.

De início, a proximidade dele com Joana me preocupou, mas logo se mostrou útil, uma vez que eu poderia me aproximar dele sem causar suspeitas. Fico feliz em dizer que até agora não constatei nenhum sinal de uma kardama. Contudo, não baixei a guarda até José me dispensar. Especialmente durante a visita à Casa da Aliança.

Os não espectrais se encontraram com nosso grupo de guardas em frente à Casa da Aliança, onde guardamos as cópias do El Berith. Todos estavam tensos, em parte porque estavam cercados de guardas, em parte pela sede de contemplar as palavras de vida contidas no livro sagrado.

Entramos na Casa da Aliança, uma construção comum, igual a todas as outras ao redor. Ninguém diria que ali se guarda um tesouro. Assim que trancamos as portas, a passagem subterrânea foi aberta e mergulhamos na escuridão, iluminados apenas por tochas. Na penumbra era possível ver os rostos apreensivos.

Adônis se aproximou de mim durante o trajeto e me cumprimentou com um sorriso. Tive dificuldade de retribuir.

"Eu não fazia ideia de que era tão seguro assim", comentou ele.

"É de se esperar que mantenhamos nossa arma secreta bem escondida."

Adônis deu de ombros.

"Acho injusto. Vocês pregam que a palavra é para todos, mas a mantêm no fundo da terra, longe da maioria."

"É uma questão de precaução, não de escolha. Se os ataques de teannins não fossem tão frequentes não precisaríamos de tantas medidas de segurança."

Eu também não gosto da ideia de o El Berith não ser acessível, mas não há muito o que fazer. Cópias são caras e levam tempo para serem produzidas, e graças às kardamas que insistem em destruí-las, também duram pouco.

"O que aconteceria se essas cópias fossem destruídas?", perguntou Adônis.

"Caso algo acontecesse com as nossas cópias, seria preciso enviar um grupo de semeadores até a cidade de Ezer para encomendar novas", respondi. "A viagem é longa, de modo que ida e volta demandam muito tempo. Entende por que as mantemos escondidas?"

"Entendo", respondeu. "Só não concordo", acrescentou quase em sussurro.

A conversa foi interrompida pelo som dos guardas ao destrancarem a última porta de segurança. Os não espectrais ficaram extasiados quando contemplaram o salão onde guardávamos o El Berith. Um longo "oooh" se estendeu em uníssono enquanto adentrávamos o ambiente.

Vou fazer uma breve descrição do que viram: todas as paredes são revestidas de papel de parede pintado à mão pelos lunares com filetes de ouro trançados em seus fios. As quatro telas representam a história geral da guerra: um vislumbre do mundo antes de a escuridão chegar, a aparição de Ahriman com as kardamas, a grande batalha do Sheqer, na qual Malkiur morreu, e o Dia da Graça, na sua triunfal volta à vida. No teto, pequenos cristais e outras pedras preciosas que refletem com a luz que emana das tochas nos lembram da luz dourada emitida pelas libélulas que enviamos até a Ilha de Espera. No centro da sala, cinco pedestais de madeira esculpidos com romãs, maçãs e tulipas. No topo de cada pedestal há uma cópia do El Berith aberta e acessível para leitura.

"Venham, se aproximem, vou lhes mostrar o livro", chamou José, depois que todos entraram.

Os não espectrais se aproximaram com cautela. Alguns tinham lágrimas nos olhos, outros engoliam em seco. A expressão de Adônis, no entanto, era indecifrável. Ele estava parado em frente ao livro, sem tocá-lo, piscando para as páginas como se esperasse que algo mágico acontecesse.

"Pode tocar, não queima, a menos que haja uma kardama escondida aí dentro", brinquei, apontando para seu peito.

Adônis soltou um riso sarcástico e pegou o livro nas mãos.

Fiquei esperando que dissesse algo, mas ele não o fez. Então eu me afastei e permiti que explorasse o livro.

O dia passou devagar, entre contações de histórias, libélulas enviadas a Malkiur e até um não espectral recebendo o Hesed. Adônis se manteve atento e calado até retornarmos à superfície. O que não combina muito com ele.

Apesar de ter se mostrado uma pessoa fechada quando nos conhecemos, nas duas últimas semanas a vergonha havia ido embora e Adônis se mostrou tão sociável e animado quanto Amir.

Fizemos o mesmo caminho de volta, garantindo que cada porta estivesse bem trancada. Apesar disso, boa parte da tensão já havia se dissipado.

"É verdade o que você disse sobre o livro queimar as kardamas?", perguntou ele, antes de se despedir e partir para casa como os demais.

"Eu não sei, era algo que ouvi quando criança. Algum adulto em uma taberna, na vila teannin onde nasci, estava tentando me ensinar como destruir os livros, enquanto minha mãe roubava o bolso dos desavisados. Lembro que ela tinha muitas cicatrizes nas mãos, por ser pega furtando. Os teannins nunca são piedosos com ladrões. Naquele dia, ela não foi pega, então saímos de lá com moedas de cobre e essa história, cuja veracidade nunca questionei, ficou presa na minha cabeça. Nunca tive coragem de perguntar a ela se era verdade."

Adônis ficou em silêncio, pensativo por alguns instantes, antes de dizer:

"Deve ter sido horrível ter uma mãe teannin. Eu sinto muito." A compaixão no olhar dele me pegou de surpresa, então me apressei em mudar de assunto.

"O que achou da visita de hoje?"

"É muita coisa para pensar", respondeu.

"É, sim, mas com o tempo e novas visitas fica mais fácil entender", eu disse, sorrindo. Ele retribuiu o sorriso, um pouco tímido.

Quando Adônis se foi, eu me perguntei se ele sabia que eu o estava vigiando. Senti-me culpada, uma vez que ele tem se mostrado um bom amigo. Se ele soubesse o tanto de vezes que me imaginei precisando puxar uma das facas que levo escondidas ao meu corpo para matá-lo, aposto que teria nojo de mim.

O que posso fazer? Deixar que uma possível ameaça ronde a minha família não é uma opção, muito menos descumprir as ordens de José.

Levei a mão ao coldre preso a lateral do meu corpo e apertei a faca ali guardada enquanto observava Adônis partir. Espero nunca ter que tirá-la de lá.

Tenho certeza de que, um dia, tudo isso será apenas uma velha história ruim.

Com carinho, sua filha,
Sarai

LIBÉLULA

~ 27 ~

Caçada de coelhos e de corações

De: Gael Bazzi
Para: Malkiur e os habitantes da Ilha de Espera
30 de Marte de 2938

Eu odeio Amir por me obrigar a caçar coelhos com Adônis. Sei que não deveria nutrir nenhum tipo de inimizade por Adônis, uma vez que ele não me deu motivos para tanto. Mas eu preferia não presenciar certos tipos de interações entre ele e Joana, como a que aconteceu durante a caçada de hoje.

No geral, Amir e Adônis não me ajudaram a capturar os coelhos. Apenas jogaram conversa fora e fizeram tentativas patéticas de usar o arco e flecha. Não costumo me incomodar com esse tipo de coisa, mas hoje a visita inesperada de Joana e Khalila me deixou desconfortável.

"Os garotos estão precisando de ajuda? Fiquei sabendo que não têm voltado para a vila com muitos coelhos", falou Khalila, ao se aproximar da árvore onde estávamos encostados.

"Vocês não deveriam estar fazendo alguma coisa de meninas, tipo comprar roupas ou fofocar?", perguntou Adônis.

Khalila mostrou a língua para ele e puxou a espada.

"Caçar também pode ser coisa de menina", ela brincou, apontando a arma para Amir.

Joana tocou na lâmina e a abaixou, indicando que Khalila a guardasse.

"Eu tenho certeza de que ele sabe disso, Khalila", ela falou. "Assim como sabe que você é uma caçadora melhor que ele."

"Em minha defesa, sou lunar", disse Amir. "Nunca tive a pretensão de saber usar arco e flecha."

"E se teve falhou miseravelmente", acrescentou Adônis, sorrindo. Amir deu um soquinho no ombro dele. "Fico feliz com a visita."

Apesar de Joana e Khalila terem chegado juntas, Adônis focou o olhar nela quando disse essas palavras. Joana tentou esconder um sorriso tímido.

"Os dois falharam miseravelmente", acrescentei. "E apesar de eu amar a companhia de vocês, a conversa está espantando os coelhos. Esses dois já são barulhentos demais sozinhos", disse, com a esperança de que elas fossem embora.

"Não viemos atrapalhar", garantiu Joana. "Khalila só queria treinar um pouco e eu...", ela olhou para Adônis e Amir, "ver se estava tudo bem."

"Estamos ótimos, Joaninha."

Franzi o cenho. Considerei o apelido de uma intimidade inapropriada, mas resolvi me concentrar em procurar coelhos na campina. Preciso confessar que já começava a me sentir tomado pelo impulso de mirar a minha própria flecha em Adônis.

"Posso?", Khalila perguntou e eu passei o arco e uma flecha para ela.

Os outros três ficaram em silêncio até que ela deu o primeiro tiro, que passou a centímetros de um pequeno coelho cinza que se enfiou em uma toca.

"Foi um ótimo tiro", incentivou Joana.

Khalila devolveu o arco e, com a cara amarrada, falou:

"Sarai teria acertado."

"Sarai sempre acerta, desde que tínhamos quinze anos. É uma comparação injusta", observei.

Khalila tem o péssimo costume de ser exigente demais consigo mesma, de querer provar que é melhor que todos os outros. É um traço triste da sua criação, mas compreensível. Todos temos marcas deixadas pelo jeito como nossos pais nos criaram.

"De fato, comparado a mim e ao Adônis, você foi perfeita", falou Amir com uma piscadinha.

"Pois é. Falando nisso, posso tentar?", perguntou Adônis. "Vai que hoje finalmente é meu dia de sorte."

"O arco não é sorte, é treino", rebati, mas passei o arco para as mãos dele.

"Então me deixe testar se você é um bom professor."

Dei espaço para que ele se preparasse e me afastei. Fiquei a bons três metros de distância, de braços cruzados. Eu havia tentado ensinar Amir e Adônis a atirar, mas nenhum deles era um aluno exemplar e nunca tinham acertado nenhuma caça.

Ficamos em silêncio até um coelho cinza de porte médio correr pela campina e Adônis disparar a flecha de maneira certeira em direção ao animal. O coelho emitiu um som agudo quando a flecha o atingiu e continuou a gemer, pois o tiro não havia sido certeiro a ponto de abatê-lo.

"Por Malkiur! Você acertou!", comemorou Amir.

— 110 —

"Eu disse que estava sentindo que era meu dia de sorte", falou Adônis, alternando o olhar entre mim e Joana.

Ela sorria para ele.

Os gritos do animal agonizando me impediram de falar algo indevido.

"Vou ver o coelho", falei e caminhei até o animal, deixando a conversa para trás.

Um tiro daqueles era muito difícil de acertar, e Adônis não havia chegado nem perto desse desempenho nos demais dias de caçada. Aquela eficiência repentina de algum modo me incomodou.

A flecha havia acertado a parte superior da coxa do animal, fincando-se no chão. O coelho havia puxado a perna, o que aumentou o ferimento. Não daria para libertá-lo, então terminei o serviço de maneira rápida.

"Uma pena que ele precisou sofrer", comentou Joana, surgindo atrás de mim.

Eu não a ouvi se aproximando devido à grama um pouco alta e fofa.

"Não é fácil abater um alvo em movimento de primeira", comentei.

"Você sempre fez parecer que era fácil", ela falou.

Dei de ombros e retirei as flechas do animal, limpando o sangue das pontas de metal.

"Desculpa se atrapalhamos a caçada. Não achei que você se incomodaria", falou Joana.

"Não estou incomodado com vocês duas." O sol refletia na ponta metálica das flechas e irritava meu olhar, mas falei sem tirar os olhos dos objetos.

"Está com o que então?", perguntou Joana.

Balancei a cabeça antes de levantar os olhos para encará-la.

"Joaninha?", perguntei.

Uma rajada de vento soprou nas tranças de Joana e bagunçou alguns fios no topo de sua cabeça. Resisti ao impulso de colocar os fios no lugar e esperei que ela fizesse isso.

"É um apelido inofensivo", ela falou.

"O jeito que ele sorri para você não me pareceu inofensivo."

Joana arrumou as mechas que voavam com o vento e olhou para a árvore onde Adônis e os outros estavam recostados. Ela os encarou por um tempo antes de voltar a olhar para mim e dizer:

"O que quer dizer com isso?"

Respirei fundo antes de prosseguir. Não queria ter que tocar nesse assunto.

"Acho que ele gosta de você, mais do que como amiga. E você sabe que o El Berith proíbe qualquer relação amorosa entre filhos de Malkiur e não espectrais."

Joana ficou um segundo em silêncio. Me abaixei e peguei o coelho, pois não aguentava observá-la pensando sobre o que eu tinha dito. Não havia o que pensar, era a nossa lei.

"Eu não acho que ele sinta nada por mim. Além disso, eu conheço as leis. Não precisa se preocupar comigo."

Começamos a andar para voltar à árvore.

"Eu sempre vou me preocupar com você", falei.

Joana sorriu e começou a caminhar na minha frente.

"Mas não precisa. Prometo que se ele se aproximar eu o corto."

"Não faça promessas difíceis de cumprir", alertei.

"Eu sempre cumpro minhas promessas." Ela levantou a pulseira que dei a ela de presente.

Na época, Joana me prometeu um quadro em retribuição. Cinco anos depois o quadro está pendurado na parede do meu quarto. Foi inevitável sorrir com a reação dela. Espero de verdade que possa cumprir essa promessa.

Voltando ao grupo, entreguei o coelho para Adônis.

"O que eu faço com isso?", perguntou Adônis.

"Tira os pelos e a pele e faz um assado", respondeu Khalila.

"E nos convide para o jantar, de preferência", completou Amir.

Adonis convidou todos para o jantar quando estávamos voltando para a vila. Eu não compareci, não suportaria vê-lo sorrindo para Joana a noite inteira.

Eu gostaria de ter a coragem dele.

Até breve,
Gael

LIBÉLULA

~ 28 ~

É O QUE OS AMIGOS FAZEM

De: Joana Watanabe
Para: Malkiur e o Rei Bom, na Ilha de Espera
30 de Marte de 2938

Amado Malkiur,

Adônis me pediu ajuda com o coelho. Me pareceu estranho que ele não soubesse como limpar uma caça. Com a comida escassa que não espectrais costumavam ter na estrada, a grande maioria aprendia a desempenhar essa tarefa.

"Meu pai costumava ficar com essa parte", respondeu Adônis ao me passar uma das facas para efetuamos um corte no coelho morto a fim de drenar seu sangue. "Eu até sei fazer, só achei que seria uma tarefa menos chata com a sua companhia."

Dei de ombros. Era meu dia de folga das tarefas dos lunares, ajudar no jantar não seria um problema. Aproximei a faca da garganta do coelho. Engoli em seco e minha mão tremeu um pouco antes que eu conseguisse recuperar a compostura e terminar o trabalho. Não importa que eu já tenha feito o

– 114 –

mesmo movimento diversas vezes nos últimos anos, manusear qualquer tipo de arma sempre será uma tarefa desgastante para mim.

O dia passou rápido entre conversas, risadas e a preparação de um assado de coelho com legumes. Convidamos todos os nossos amigos para o jantar, mas Gael não apareceu.

A noite toda tentei me envolver nas conversas à mesa, mas a falta de Gael me fazia relembrar da nossa conversa pela manhã e de como meu coração acelerava todas as vezes que Adônis me lançava um olhar amistoso na floresta.

Não faça promessas difíceis de cumprir, foram as palavras que Gael usou comigo, mais cedo.

Não é uma promessa difícil. É, Malkiur? Eu conheço as leis e só estou cumprindo meu trabalho como semeadora e aproximando Adônis de nosso povo. É o que devo continuar a fazer, não é?

Quando o jantar terminou, meus amigos foram embora e me encarregaram da louça. A raposa de luz me fazia companhia, sentada em um canto da cozinha, silenciosa.

Enquanto lavava os pratos, uma joaninha pousou na janela que ficava em frente à pia e dava para um pequeno gramado. O animal vermelho e preto batia no vidro, tentando sair. Antes que eu pudesse abrir a janela, Adônis entrou na cozinha.

"Precisa de ajuda?", perguntou.

"Não, eu dou conta."

Ele se aproximou e parou ao meu lado na pia.

"Você ficou mais quieta do que o normal no jantar", comentou.

Dei de ombros.

Olhando para o inseto no vidro, perguntei:

"Por que me deu um apelido?", ele me olhou com a testa enrugada.

"Achei que era o que os amigos faziam. Dão apelidos e fazem piadas internas uns com os outros", ele respondeu.

Ele seguiu meu olhar e viu o inseto no vidro. Pegou um dos copos da pia e o prendeu. Puxou o copo e deixou sobre a pia, com a joaninha no seu interior.

"É que você não fez isso com os outros", comentei, olhando o inseto preso.

Adônis levou alguns segundos para responder.

"Eu confio mais em você", falou. "Não é nada contra os outros, mas eu aprendi que não se deve confiar nas pessoas de primeira."

Havia dor refletida em seus olhos.

O Hesed se empertigou e veio para o meu lado. Acariciei a cabeça dele, mas não tirei os olhos de Adônis.

"Você tem sido paciente comigo e me ensinado muito... Acho que foi só uma forma que encontrei de demonstrar que me sinto confortável ao seu lado. Se quiser eu paro de chamar você assim."

"Não. Eu gosto do apelido", falei. Quando parei de acariciar a cabeça da raposa, ela bateu o focinho contra minhas pernas.

Adônis sorriu.

"Bom, já que não precisa de ajuda eu vou dormir", ele me deu um beijo na bochecha. "Boa noite, Joaninha."

Ele se foi, mas a raposa continuou a bater o focinho na minha perna.

"O que você quer?", perguntei.

Ela apontou com o focinho para a joaninha no copo. Levantei o copo de vidro e deixei que o inseto voasse. Aproveitei e abri a janela. A joaninha foi para o jardim. Livre para voltar para casa.

"Satisfeita?" O Hesed não reagiu de nenhuma maneira.

Terminei o serviço na cozinha e subi para escrever esta libélula. Gael estava errado. Adônis não sente nada por mim, ele está apenas demonstrando gratidão. Não tenho com que me preocupar.

O Hesed se deitou atrás da porta do meu quarto. Parece que ficará de vigia a noite toda. Por algum motivo isso me dá paz.

Assim como senti paz ao libertar a joaninha.

Assim como estou em paz agora em relação à minha amizade com Adônis.

Obrigada por ter enviado o Hesed para nos proteger.

Com amor,
Joana, filha de Malkiur

LIBÉLULA

~ 29 ~

OS SEGREDOS ENTERRADOS EM ITORORÓ

De: Khalila Kohler
Para: O Rei Bom e o príncipe da esperança, na Ilha de Espera
07 de Júpiter de 2938

Príncipe Malkiur,

Gael não gosta nem um pouco de Adônis. Isso ficou claro por seu comportamento no dia em que Joana e eu fomos caçar coelhos com ele. Gael nem se deu ao trabalho de ir ao jantar.

Honestamente, essa reação me intriga. Se viesse de mim ou de Amir não seria surpresa. Nós temos mais dificuldade de ir com a cara de estranhos. Mas Gael?

"Ele deve ter seus motivos, Khalila", falou Sarai.

Eu a chamei para vir aqui em casa (bom, na casa dos meus pais) depois da nossa ronda para que ela amolasse minha espada. Sarai sabe cuidar de lâminas como ninguém.

"Adônis não nos deu nenhum motivo de desconfiança. Ou deu e eu não notei?"

– 118 –

"Pelo que andei observando, nada fora do esperado para um não espectral."

"Observando? Credo, você fala como se o estivesse vigiando", falei ao me jogar na cama.

Os ombros de Sarai ficaram tensos e por um segundo ela parou de afiar a lâmina.

"Sarai?", chamei.

"Acho que Gael pode estar apaixonado por Joana", ela falou, voltando à tarefa.

Sentei-me na cama, observando-a trabalhar enquanto refletia.

"Nem pensar!", concluí. "Ele teria tentado algo."

"Gael não é como Amir", retrucou Sarai.

"Por Malkiur! Você nunca vai me deixar esquecer nosso namoro adolescente inconsequente", falei, revirando os olhos.

"Se Amir tivesse ponderado sobre seus sentimentos ele não teria se precipitado. E o mesmo vale para você. Por isso Noah foi contra na época."

"Bom, Amir não costuma *ponderar* muita coisa. De qualquer forma, foi um erro namorar na adolescência."

"Concordo. E as impressionantes três semanas que seu namoro durou comprovam isso."

Joguei meu travesseiro em Sarai. Ela desviou sem parar de amolar a espada e o travesseiro se chocou contra a parede do meu quarto. Nós duas rimos.

"Enfim, Gael e Joana então... Seriam um bonito casal. Ele contou alguma coisa?", perguntei, intrigada com a possibilidade.

"Não. Eu só...", Sarai hesitou, como se procurasse a melhor palavra. "Percebi."

Fiz uma careta. Que chata essa versão da Sarai observadora que não compartilha nada comigo sem que eu precise perguntar.

"Aqui está sua espada", ela disse, estendendo-a para mim.

A fina lâmina prateada, mais fina do que a usada pela maioria dos outros guardas, brilhou ao refletir a luz do fim de tarde que entrava pela janela do meu quarto.

"Obrigada", falei ao me levantar da cama. Peguei a espada e prendi no coldre atrás das costas.

Era um costume que minha mãe odiava. Me ver andando armada pela casa. Ela falava que não via meus outros amigos fazendo isso e que era uma mania horrível. Se ela ao menos soubesse quantas facas Sarai leva escondidas consigo.

"Quer ficar para o jantar?", perguntei com a esperança de não ter que encarar o jantar apenas com minha família, mas a resposta que ela me deu foi desanimadora.

"Não, obrigada. Ayla costuma fazer o jantar para nós duas."

"Acompanho você até a porta, então."

Sarai e eu descemos os degraus da escada que levava até o térreo, conversando sobre o treino de amanhã. Mas o burburinho de vozes na sala chamou a minha atenção e fiz sinal para Sarai se calar.

"Tudo bem? Não estava esperando a visita", perguntou meu pai.

"Tudo sim. Passei só para convocar uma reunião, acho que posso ter encontrado algumas pistas sobre os escritos na porta de metal. Precisamos reunir o conselho."

Identifiquei a voz de José, o guardião-chefe de Itororó. Eles falavam baixo, como se sussurrassem, e quando Sarai e eu entramos na sala se calaram imediatamente.

"Cumprimente José, Khalila", falou meu pai para afastar o clima tenso. "Até parece que não lhe dei modos."

"Você não deu mesmo", falei baixinho e Sarai cutucou minhas costelas.

Otto me fuzilou com o olhar.

"Boa noite, José. Vai jantar conosco?", perguntei, ignorando o olhar acusador de meu pai.

Ele sempre faz isso. Me trata como se eu fosse uma criança fazendo birra. Eu posso ser, se é o que ele quer.

"Infelizmente, não. Vim apenas tratar um assunto com seu pai, estou de partida."

José cumprimentou Otto, mas antes de sair parou e disse:

"Sarai, passe no meu escritório amanhã cedo, por favor."

"Sim, senhor", respondeu Sarai, quase batendo continência.

Meu pai levou José até a porta e eu perguntei a Sarai:

"O que ele quer com você?"

Ela deu de ombros, sem olhar nos meus olhos, e foi para a porta também. Assim que meu pai a trancou perguntei a ele:

"Está tudo bem? Alguma urgência?"

"Nenhuma. José apenas veio marcar uma reunião. Ele vive se esquecendo de marcar com antecedência e passa aqui para avisar." Meu pai foi para a cozinha, de onde vinha um cheiro maravilhoso de carne de panela com legumes.

Subi as escadas pisando firme. Bati a porta e me sentei para escrever esta carta.

Gael guarda em segredo sua paixão por Joana.

Sarai está escondendo de mim um assunto particular que tem com José.

Meu pai mente para mim na cara larga. Voltei há mais de dois meses e nunca vi José vir até aqui para falar de trabalho. Minha mãe odeia esse tipo de coisa e o guardião respeita o espaço dela.

Também nunca vi Otto ir a uma reunião que não estivesse marcada em papéis amarelos colados no quadro de cortiça em seu escritório.

Esse encontro inesperado me fez ter a sensação de que as pessoas ao meu redor estão envoltas em teias de segredos, e nem os meus melhores amigos confiaram em mim para me contar.

Vou terminar esta carta e fugir pela janela para a casa de Joana. É melhor jantar com ela esta noite, ou vou acabar socando a parede de raiva.

Até nosso encontro,
Khalila

LIBÉLULA

~ 30 ~

RELATÓRIOS INÚTEIS

De: Sarai Ahmed
Para: Meus comandantes que habitam na Ilha de Espera
08 de Júpiter de 2938

Senhor Malkiur,

Antes do nascer do sol eu já estava sentada no escritório de José com meus relatórios sobre Adônis.

José folheou os papéis sem prestar muita atenção às palavras ali escritas.

"Tem algo que gostaria de destacar?", ele me perguntou, devolvendo os relatórios.

"Não, senhor", respondi. "O comportamento dele tem tido poucas variações nos últimos meses, e nada que seja suspeito."

"Ótimo!", exclamou. "Espero que em breve eu possa suspender a vigia."

José se levantou para pegar um café. Ofereceu-me uma xícara, mas recusei.

"Tem alguma previsão para isso, senhor?", perguntei.

– 123 –

Ontem tive que desviar das perguntas de Khalila. Não gosto de mentir para meus amigos, e também não estou gostando de mentir para Adônis.

O olhar de José escapou do meu rosto para alguns papéis que estavam sobre sua mesa. Atas de reuniões assinadas por ele, Otto, Maia, Noah e os demais guardiões da vila. No topo do papel, um carimbo com a inscrição "CONFIDENCIAL E PERIGOSO". Não era possível ler o conteúdo.

"Infelizmente não. Quando for seguro baixar a guarda você será a primeira a ser avisada. Dispensada", falou José, voltando à sua mesa e escondendo as atas.

Peguei os relatórios e deixei o escritório.

Fui até minha casa para guardar a papelada antes de ir para o treino, perguntando-me o que estaria fazendo José manter a vigilância até agora.

Os relatórios que entreguei não provam nada além de que Adônis é um não espectral. Qual seria, então, o assunto da reunião sigilosa com Otto e o que ela tem a ver com a vigilância constante aos não espectrais?

Quando estava indo para o campo de treinamento, já com os primeiros raios de sol iluminando a vila, passei em frente à casa de Joana e notei que ela e Adônis estavam saindo. Ele seguia para as plantações e ela, para a casa dos lunares.

Estavam rindo. Ali, de longe, Adônis não parecia nada assustador.

Segui meu caminho e tentei não me fazer mais perguntas. Eu tinha ordens a cumprir e iria executá-las até que me liberassem.

Esta carta é minha última tentativa de não questionar mais meus superiores.

Com carinho, sua filha,
Sarai

LIBÉLULA

~ 31 ~

UMA COISA PERIGOSA

De: Joana Watanabe
Para: Malkiur e o Rei Bom, na Ilha de Espera
12 de Júpiter de 2938

Amado Malkiur,

Lembro-me pouco da minha mãe. Guardei tudo que pude na memória. Algumas poucas palavras marcantes e alguns traços do seu rosto.

Hoje, pulsa na minha mente uma frase que ela disse a uma amiga, em uma conversa que com certeza eu não deveria estar participando: *"Apaixonar-se é coisa perigosa"*.

Nunca entendi essa frase por completo. Nunca me apaixonei. Talvez tenha vivido um encanto aqui e ali, que nunca durou mais de três dias, por um ou outro garoto de vilas que visitamos. Mas a magia da paixão durava pouco. Não creio que seja possível se apaixonar quando não se pode passar tempo suficiente com alguém.

Usei esse argumento em uma conversa que tive com Lauren esta semana.

"Bom, então talvez agora que está aqui e não pretenda partir tão cedo, você possa se permitir conhecer alguém", ela falou.

Dei de ombros. Não queria falar sobre minha vida amorosa inexistente.

Eu não falo sobre esse assunto nem com minhas amigas. Sarai se recusa a compartilhar qualquer mínimo sentimento do seu coração, Ayla vive sonhando com um amor romântico que nunca chega, e Khalila já teve umas duas paixonites enquanto estávamos na estrada, incluindo Amir, mas logo passaram. Eu me pergunto por que esse é um assunto tão difícil entre nós.

Lauren sorriu para mim quando não respondi.

"Tudo bem, não precisamos falar sobre isso", ela acariciou meu ombro quando passou por mim para voltar à sala espelhada. Havíamos acabado de ensaiar a coreografia do próximo Loa. "Mas quando quiser conversar, a porta estará sempre aberta."

Esbocei um sorriso em agradecimento. Lauren tem sido mais que uma professora e chefe dos lunares. Tem se mostrado uma boa amiga.

Cogitei procurá-la hoje, mas me pareceu ridículo bater à sua porta para falar desse assunto. Então vim escrever. Afinal, há alguns dias, ouvi palavras que fizeram borboletas voarem no meu estômago.

Era sábado e eu estava limpando a casa com Adônis. Limpamos e conversamos. Às vezes, eu ensino a ele algumas das velhas canções do nosso povo. Acho que a cada dia está mais próximo dos nossos costumes. Eu estava tentando ensinar a coreografia que fizemos para o próximo Loa quando ele me disse, sem mais nem menos, como se fosse algo banal:

"Acho que estou me apaixonando por você."

Parei de dançar para encará-lo.

Não consegui dizer nada.

"Não precisa responder, eu só queria que você soubesse", ele disse e se calou, dando-me espaço para digerir a declaração que pairava no ar como borboletas. Desde então, não tenho conversado direito com ele.

Penso que não deveria nutrir sentimentos por Adônis. Ele é meu amigo e ainda não tomou sua decisão sobre o Hesed. Faz tão pouco tempo que está aqui... Tão pouco tempo, e no entanto me parecem anos. Sinto que meu coração estava ansiando por essa companhia. Ainda assim... é estranho.

Pesado. Como rochas sobre o peito.

Quando estou com ele, o sorriso não sai do meu rosto, mas não posso, em hipótese nenhuma, ceder ao frio na barriga e à tempestade dos sentimentos. Sinto como se eu estivesse entrando no mar e fortes ondas me arrastassem. Talvez isso não seja ruim.

Apaixonar-se é coisa perigosa.

As palavras da minha mãe sussurram na minha cabeça.

Não estou me apaixonando, mamãe. Ele nem é do nosso povo ainda.

Apesar disso, consigo vê-lo recebendo o Hesed em breve. E depois...

Cuidado, querida!

Ouço minha mãe dizendo, como quando eu queria soltar a sua mão e sair correndo sozinha até o mar, em nossas visitas à Praia do Poente.

"Vou tomar cuidado, mamãe!", eu gritava de volta e parava ali onde as ondas morrem, até que ela chegasse para me acompanhar e entrarmos na água.

O problema é que desta vez eu não tenho minha mãe para me guiar, e acho que estou com as águas da paixão batendo no umbigo.

Amado Malkiur, pode me dizer o que fazer com esse sentimento?

Com amor,
Joana, filha de Malkiur

REGISTRO

~ 32 ~

LIVRO DE CRÔNICAS DOS FILHOS DE MALKIUR

Página 181
Referente ao Sheqer

Anualmente, em 25 de Júpiter, os teannins comemoram o Sheqer. Nesse dia, Ahriman, após usurpar o trono de Malkiur, revelou seu verdadeiro propósito para Perdes. As kardamas surgiram em seus súditos mais fiéis e foram libertas. Mataram mais da metade dos habitantes da terra.

Assim iniciou-se a guerra. Os teannins passaram a oprimir aqueles que ainda se mantinham fiéis ao Rei Bom e Malkiur, e o exército alado combatia as kardamas. A matança só teve trégua quando o próprio Malkiur se ofereceu como sacrifício. Quando o príncipe morreu, a terra de Perdes se partiu em quatro continentes e a noite durou cerca de três meses.

O reinado das trevas foi abalado quando Malkiur ressurgiu e trouxe as libélulas, o Hesed e o El Berith como dádivas para seus súditos fiéis. Após a partida do príncipe para a Ilha de Espera, luz e trevas disputam espaço nos quatro continentes.

Todo ano, em 25 de Júpiter, os teannins saem à caça de qualquer ser vivo que cruze seu caminho, como forma de relembrar a vitória momentânea.

Nunca, em hipótese nenhuma, um filho de Malkiur deve sair de casa no Sheqer.

LIBÉLULA

~ 33 ~

SHEQER

De: Ayla Olsen
Para: Malkiur e os habitantes da Ilha de Espera
25 de Júpiter de 2938

Querido Malkiur,

A primeira coisa que fizemos no Sheqer foi sair de casa.

Sabíamos dos perigos daquela noite, mas quando vi a raposa branca da Joana arranhando a nossa porta de entrada, de imediato me coloquei em alerta.

Gritei para Sarai, que estava na cozinha fazendo chá para nós. Ela veio à sala já com facas nas mãos. Ao ver a raposa, Sarai apenas deu uma faca para mim e disse:

"Fique atrás de mim!"

Sarai não tentou me impedir de ir junto. Ela sabia que eu não iria obedecer nessa situação.

Adentramos o sereno da noite. O luar estava a pino, iluminando as ruas de Itororó.

Corremos atrás da raposa pelas ruas desertas. O silêncio pairava sobre a vila e nossos passos ecoavam mais do que deveriam. Meu coelho foi correndo em direção à casa de Gael, e deduzi que deveria deixar que ele fosse sozinho.

A raposa nos conduziu até as plantações de milho. Eu só conseguia pensar que ali era um péssimo lugar para se estar no Sheqer.

A raposa parou de repente e se agachou. Fizemos o mesmo.

Vimos duas figuras entre as altas folhagens. Elas usavam roupas pesadas de pele de animais, típicas dos teannins, e atrás delas andavam duas grandes kardamas. Uma delas tinha sangue pingando das garras.

Embora meu corpo todo tremesse, suprimi um grito mordendo os lábios. Sarai utilizou a Língua das Mãos para mandar que eu corresse assim que ela levantasse.

Antes de executarmos algum movimento, o condor-dos-andes de Gael deu uma rasante e, com as garras, arrancou o olho de uma das kardamas.

Estávamos tão perto delas que senti o grito da criatura cortar meu peito. A kardama e os dois homens teannins correram atrás do condor de Gael e sumiram em meio à plantação.

A raposa se levantou quando julgou ser seguro e nos colocamos de pé. Eu me virei para seguir os monstros e ir ajudar Gael, mas Sarai puxou meu braço para o lado oposto, que era para onde a raposa corria.

"Ele sabe se virar", ela disse me arrastando para continuar seguindo o Hesed.

Desta vez, quando avistamos outras duas figuras no milharal, a raposa não parou. Então, aceleramos em direção àquelas pessoas.

Quando vi Joana, meu primeiro impulso foi abraçá-la. Ela, por sua vez, não retribuiu meu gesto afetuoso. Verifiquei se não estava ferida, e enquanto fazia isso ela me disse:

"Fomos atrás das crianças", e apontou para o menino de uns doze, treze anos ao seu lado.

Os olhos de Sarai queimavam de raiva quando ela olhou para o menino.

Vendo que Joana estava bem, me abaixei e verifiquei se o menino estava ferido. O coitadinho tremia dos pés à cabeça, estava pálido e não disse nada enquanto eu me certificava de que não havia feridas em seu corpo.

"Adônis está com os outros três", continuou Joana. "Temos que encontrá-los."

"Antes, vou levar vocês para um lugar seguro", afirmou Sarai.

"Não dá tempo..."

"Joana", intervim para evitar uma discussão. "Ela não tem como proteger todos nós." Levantei-me e segurei a mão do garotinho. "Você conhece o protocolo."

Joana ficou indignada, porém seguiu Sarai em silêncio. O Hesed de Sarai, um grande urso branco, fazia nossa retaguarda.

Eu já não tremia mais. O assombro nos olhos do garoto me fez ter certeza de que, se ninguém o segurasse, ele seria incapaz até de andar. Segurei sua mão com firmeza enquanto atravessamos o milharal.

Estávamos quase em Itororó, quando uma kardama pulou do meio da plantação e atacou o urso de Sarai. Dois teannins vieram em nossa direção. Sarai conteve um com o corpo, cortando o braço dele com suas facas.

O outro pulou em cima da criança. Eu o puxei para o lado antes de o teannin finalizar seu ataque. Joana acertou o rosto da mulher com um soco desajeitado. Enquanto a mulher se recuperava, vi outra kardama saindo do milharal e vindo em alta velocidade até nós. Girei a criança e dei as costas para a criatura. Até me preparei para o impacto, mas a raposa branca pulou no pescoço do monstro e ambas caíram rolando no chão.

Joana agarrou minha mão e a do menino. Corremos sem olhar para trás. Estávamos em disparada, com a mulher teannin em nosso encalço, quando uma flecha passou raspando pela minha bochecha e acertou o peito da mulher. Logo avistamos Gael, Khalila e outros guardas. Ambos os meus amigos tinham as roupas manchadas de sangue.

Khalila se aproximou de mim e cortou as mãos de uma kardama voadora que estava prestes a me pegar. Amir veio em minha direção, trazendo uma menininha desmaiada em seu colo. Outros guardas correram até Sarai para ajudá-la com o homem que a havia atacado.

A cada instante, mais kardamas surgiam ao nosso redor e eram contidas pelas manifestações do Hesed.

Amir entregou a menina para o garoto que me acompanhava. Joana, Amir e eu fizemos um círculo ao redor das crianças. Levantei a faca que Sarai me deu, preparada para o ataque.

Estávamos no centro da luta, observando armas e pele, luzes e sombras colidirem ao nosso redor. O guepardo de Khalila se manteve ao nosso redor nessa dança frenética. Ele e a raposa de Joana mantiveram a maioria das kardamas longe, ainda assim meus braços pingavam sangue com os arranhões causados pelas garras enormes.

Ao longe, ouvimos um apito alto e agudo, que fez todos se contorcerem com os ouvidos doendo devido ao timbre do apito. Kardamas e teannins pararam o ataque e, em instantes, bateram em retirada.

Ainda com a adrenalina alta, e atônitos com essa fuga inesperada, Joana se abaixou e perguntou à menininha que havia despertado:

"Onde estão os outros?"

"Eles levaram, moça. Eles levaram", disse ela chorando muito e abraçando o pescoço do garoto.

Eles levaram.

Foi essa frase que me trouxe a esta carta, escrita em um saco de pão na minha primeira noite de Sheqer em Itororó.

No momento, estamos todos na casa de José. Conversaremos com ele, um a um, para tentar entender o que houve e por que os teannins *sequestraram* três de nós.

Malkiur, eu relembrei cada detalhe, revisei cada passo, e ainda não entendo o que aconteceu. Existe alguma coisa que, por mais que eu tente, não consigo entender. Como viemos parar aqui? Com mais da metade dos meus amigos sujos de sangue e três pessoas desaparecidas?

Rei Bom, eu imploro que cuide dos que foram capturados. Traga as crianças e Adônis com vida. Eu imploro...

Olhando para Joana no canto da sala, chorando, com Gael acariciando seu cabelo, tenho certeza de que nem todos vão aguentar mais uma perda.

Por favor, Malkiur, tenha misericórdia.

Com todo o meu coração em pedaços,
Ayla

INTERROGATÓRIO

~ 34 ~

Referente ao incidente no Sheqer

Este documento é uma transcrição dos interrogatórios dos filhos de Malkiur que presenciaram o sequestro de duas crianças dos filhos de Malkiur e um não espectral na noite de 25 de Júpiter de 2938, Sheqer.

O interrogatório foi conduzido pelos chefes dos guardiões, zeladores e guardas, respectivamente, José Fadel, Otto Kohler e Maia Al-Attar.

JOANA WATANABE

José: Joana, pode nos contar o que houve, por favor
(*silêncio*)
José: Joana?
Joana: Adônis e eu estávamos em casa, conversando no telhado, quando vimos as crianças. Eu já havia lhe contado sobre o Sheqer. Mesmo assim, ele foi atrás das crianças e eu o segui.
Otto: Por que não chamaram um guarda?
Joana: O Hesed foi chamar. As crianças estavam perto, íamos levá-las para dentro, mas...

– 135 –

José: Mas?

Joana: Os teannins nos cercaram. Obstruíram o caminho de volta para casa. Só nos restou a rota para as plantações.

Maia: Acha que foi uma emboscada?

Joana: Por que fariam algo assim? Se queriam nos matar, era só invadir a casa... Além do mais, as kardamas deles não estavam visíveis.

José: Entendo...

Joana: Vocês acham que... acham que... ainda estão vivos?

Maia: Até que se prove o contrário, faremos de tudo para trazê-los de volta.

SARAI AHMED

José: Sarai, como você encontrou Joana?

Sarai: O Hesed dela nos guiou, senhor.

Maia: Por que não deixou Ayla em casa? Era sua obrigação zelar pela segurança dela também! Ela é uma civil.

Otto: Maia, por favor, repreenda sua subordinada depois.

Sarai: Ela viria de qualquer jeito, comandante. Porém, reconheço meu erro.

José: Sarai, com respeito à missão que lhe dei, você não notou *mesmo* algo estranho?

Sarai: Não, senhor.

Otto: Mesmo durante a leitura do El Berith?

José: Eu estava lá. Reação normal. Ele não possuía uma kardama, o El Berith teria nos revelado.

Maia: O teste pode falhar?

José: Não. O teste nunca falha.

ANA SAAD

José: Oi, Aninha. Tudo bem?

Ana: Quero minha mãe.

José: Já a avisamos, ela está vindo.

Ana: E meus amigos, tio? Acharam eles?

José: Estamos procurando.

Maia: Aninha, preciso que você nos conte o que estavam fazendo lá fora. Você sabe que dia é hoje?

(silêncio)

Maia: Não vamos brigar com você, querida.

Ana: Foi um desafio do André. Ele deixou um bilhete. Era pra eu provar que posso ser uma guarda um dia.

Maia: Querida, você não precisa provar nada para ninguém.

Ana: Eu... Não quero que ninguém morra!

Otto: Não chore, vai ficar tudo bem! Vem comigo, o tio vai pegar algo para você comer até sua mãe chegar. Você gosta de chocolate?

Ana: Gosto.

AMIR HAKIMI

José: Amir, você não é um guarda. Como foi parar no meio da batalha?

Amir: Eu estava na casa de Gael quando o Hesed de Ayla apareceu. Ele nos levou até as plantações.

Maia: Você deveria ter ficado em casa, sabe o risco que...

(sons de uma porta sendo escancarada)

Noah: O que tá acontecendo aqui? Amir, você tá bem?

Amir: Tô, pai. Fica tranquilo.

Otto: Noah, não pode invadir assim.

Noah: Posso, esses jovens são minha responsabilidade. Vocês não podem interrogá-los assim, ainda mais depois do que houve.

Amir: Pai, tá tudo bem.

Otto: É uma situação de emergência.

Noah: Você ao menos verificou como sua filha está antes de começar isto aqui?

Otto: Está insinuando que não me importo com minha própria filha?

José: Chega! Noah, pode ficar se quiser, mas se atrapalhar vou colocar você para fora.

Noah: Está bem.

José: Voltando. Amir. O que aconteceu quando chegaram à plantação?

Amir: Pai, são só perguntas, você não...

José: Amir, por favor, continue.

Amir: Ok. O Hesed do Gael voou para longe e o coelho nos conduziu até um buraco. Aninha estava lá, encolhida e chorando. Khalila chegou logo em seguida com alguns guardas. Ouvimos duas kardamas vindo. Seguindo o Hesed do Gael, peguei a menina e fugi. Nos escondemos na plantação.

Otto: E as kardamas que vocês ouviram?

Amir: Gael e Khalila mataram.

Noah: Aninha viu alguma coisa?

Amir: Não.

KHALILA KOHLER

José: Khalila, sente-se. Agradeço desde já por ter acionado os outros guardas.

Khalila: Só fiz o meu trabalho.

José: Como ficou sabendo do que estava acontecendo?

Khalila: Vi o coelho de Ayla.

Otto: Onde você estava?

Khalila: Na casa do Gael. Os meninos seguiram o coelho e eu fui atrás de ajuda.

Otto: Você estava sozinha com os meninos?

Khalila: Não, pai. Mas e se estivesse, qual seria o problema?

Otto: Só acho que poderia ter me avisado...

Khalila: Agora você quer saber?

José: Otto, agora não! Temos três pessoas sequestradas.

Noah: Continue, querida.

Khalila: Bom, quando chegamos, Gael e Amir já estavam com a criança.

Maia: Você notou algo estranho? Fora a batida em retirada.

Khalila: Não, comandante.

Maia: Tudo bem, está liberada. Vá limpar esse sangue do corpo.

Otto: Esse sangue é seu?

Khalila: Não, pai.

GAEL BAZZI

José: Gael, conte-nos, após a morte das primeiras kardamas, o que houve?

Gael: Continuamos seguindo o coelho de Ayla até encontrarmos ela e os demais. Lutamos até a batida em retirada dos inimigos.

José: Você chegou a ver Adônis e as outras duas crianças?

Gael: Não, senhor.

Maia: Alguma outra observação?

Gael: Acredito que não foi um ataque aleatório, comandante. Eles estavam organizados, e em maior número. Nos pegaram desprevenidos e ainda assim desistiram da luta. Acredito que, talvez...

Noah: Por favor, continue!

Gael: Podem pedir algum resgate pelas pessoas levadas. Mas, não imagino o que querem de nós.

(silêncio)

José: Também não imaginamos.

Otto: Por que você tem tanta certeza de que foi planejado?

Gael: Porque, fora os que foram sequestrados, não houve nenhuma baixa. E teannins sempre atacam para matar, a não ser que já tivessem outros planos.

AYLA OLSEN

José: A senhorita tem algo a acrescentar ao que seus amigos falaram?

Ayla: Acho que não.

Maia: O que é isso na sua mão?

Ayla: Uma carta... Para Malkiur.

Noah: Malkiur?

Ayla: É, foi ideia da Joana. É só uma forma de desabafar, refletir, procurar pistas... acho.

Otto: Que pista está procurando?

Ayla: Não sei ao certo. Sinto que há algo por trás desse ataque, só não consegui ainda enxergar o quê.

Noah: Todos esperamos conseguir enxergar e entender melhor a situação.

ANDRÉ El-DIN

José: André, quantos anos você tem?

André: Treze.

Otto: Então você sabe muito bem o perigo que o Sheqer representa. Por que desafiou Aninha e seus amigos a saírem?

André: Eu não desafiei, foi o Guga! Recebi um bilhete dele.

Maia: Aninha nos disse que o bilhete foi deixado por você.

André: Não foi, não! Olha aqui, eu guardei... espera um minuto... aqui ó, o Guga assinou.

José: De fato. Porém, por que não falou sobre o bilhete com seus pais?

André: Eu não sei... Não queria perder a amizade deles, eu... Eles estão mortos, não tão?

Maia: Ainda não sabemos.

André: Foi minha culpa, deveria ter impedido.

Noah: Tá tudo bem, garoto, você não tem culpa de ter nascido no meio de uma guerra. Vamos, acho que já deu por hoje, vou levá-lo para casa.

Os interrogatórios se encerraram sem que houvesse uma conclusão da motivação dos teannins para o ataque. O caso foi arquivado com os demais ataques já ocorridos em Itororó.

LIBÉLULA

~ 35 ~

A DOR QUE FICA

De: Joana Watanabe
Para: Malkiur e o Rei Bom, na Ilha de Espera
27 de Júpiter de 2938

Amado Malkiur,

Já se passaram mais de 24 horas desde o sequestro e até agora não houve avanço nas buscas. Assim que amanheceu, Gael e outros guardas seguiram para além das plantações, mas ainda não voltaram.

Ontem de madrugada, na casa de José, Gael tentou me acalmar. Acariciou meu cabelo e me consolou com palavras.

"Vai ficar tudo bem", sussurrava repetidamente.

Mas não está, Malkiur. Não está nada bem.

Eu não consegui levantar da cama o dia todo. Ayla e tio Andrei até tentaram me animar, mas não existem forças em mim, nem sequer para tomar café da manhã.

Ontem, quando a adrenalina e o choque inicial passaram, me dei conta do que estava acontecendo. Apesar de ninguém falar, todos sabemos que, uma vez nas mãos dos teannins, não existe volta.

Não existe volta.

Eu não entendo por que o Rei Bom deixou isso acontecer. Assim como não entendi quando meus pais morreram.

Por que me deixar finalmente expor meu coração só para tê-lo arrancado de minhas mãos?

Agora, de novo.

A morte veio sem aviso prévio mais uma vez.

Eu queria poder impedir.

Mas não pude.

Queria ter dito que também estou apaixonada por Adônis.

Mas não disse.

Agora é tarde.

Queria parar de perder as pessoas que amo...

Por favor, Malkiur, traga Adônis e as crianças de volta. Não sei quantas vezes mais aguentarei ter meu coração arrancado de mim.

Implorando por sua ajuda,
Joana, filha de Malkiur

LIBÉLULA

~ 36 ~

É ASSIM QUE ACONTECE UM MILAGRE?

De: Amir Hakimi
Para: A quem interessar, na Ilha de Espera
31 de Júpiter de 2938

Vossa Alteza,

As coisas por aqui têm andado estranhas desde o sequestro no Sheqer. Aquela noite se tornou uma grande névoa na minha memória. Tudo parece uma pintura antiga, quase esquecida pelo tempo. Mas, ainda que eu não identifique os contornos, sinto a dor de olhar para ela.

Já faz dias e não temos nenhuma pista sobre o paradeiro de Adônis e das crianças. Grupos de guardas têm realizado buscas inúteis. O fato de Gael estar entre eles me tirou do sério de uma maneira que eu mal consegui disfarçar. Por isso acabamos discutindo outro dia.

"Por que você se ofereceu?", gritei enquanto ele vestia a armadura de guarda.

Mal havíamos escapado da morte, e lá estava ele, flertando com ela de novo.

"Você nem gostava dele."

"Isto não é sobre mim", ele respondeu sem olhar nos meus olhos.

Às vezes sinto que o amor deixa as pessoas estúpidas.

"Não sei se notou, mas flertar com a morte não é a melhor forma de tentar se declarar para a Joana", eu disse.

Gael me encarou, e pude jurar que vi dor e raiva em seus olhos. Mas, como não voltou atrás, bati a porta do quarto na cara dele.

Quem ele pensa que é? Um infeliz de um herói? Eu sei que ele odeia ver Joana sofrendo, tanto quanto nós, mas ir atrás de Adônis não me parece a melhor solução. Ela precisa saber que as pessoas que ama estão seguras, não se arriscando por aí. Eu precisava saber disso também. Além do mais, a missão de busca se restringia a guardas. Então, nem pude me candidatar para ajudar.

Nos dias que se seguiram à partida de Gael, até os flertes de algumas meninas têm me deixado sem paciência. Não sei dizer se essa sensação esquisita ainda é causada pelo medo ou pela revolta por ter me sentido inútil.

As pessoas precisavam de guerreiros, e eu me escondi na mata com uma garotinha a tiracolo.

"Você a protegeu. Coragem é muito mais do que segurar uma espada", disse Khalila.

Ela havia sido a primeira a voltar aos treinos dos guardas e se forçado a manter uma rotina.

"É fácil dizer isso segurando uma espada."

"Não seja por isso." Khalila jogou a dela para mim, mas a deixei cair no chão e quase cortei um dedo no processo.

Ela conteve um riso baixo.

"Existem formas menos perigosas de ensinar alguém", argumentei, já segurando o cabo e apontando a lâmina para Khalila.

"E menos divertidas também. Gael não tentou ensinar você a usar o arco?"

"Tentou, mas não aprendi a atirar uma flecha sequer", respondi.

Analisando a espada de Khalila, notei que era fina e afiada e, de um jeito impressionante, muito leve.

"Como algo tão leve pode fazer tanto estrago?"

Ela me olhou com ironia.

"Uma flauta e um sorriso são leves também, e podem causar estragos no coração de meninas desavisadas".

Desviei os olhos para os pés e fingi não entender, embora a verdade crua seja que me envergonho mesmo disso. Mas falaremos desse assunto outra hora.

A menção a Gael me desanimou. Senti falta das caçadas com Adônis e Gael. Os dois não eram amigos, Gael não se esforçava para isso. No entanto, eu me apeguei a Adônis a ponto de sentir como se tivesse um rombo no peito pelo que aconteceu a ele.

Enquanto eu refletia sobre essas coisas, Khalila me atacou de súbito, e eu derrubei a espada de novo.

"Não pense", ela instruiu. "Apenas sinta a arma como parte de você."

Não pensar me pareceu um ótimo plano para seguir o dia.

Como não bastasse minha tentativa patética com armas pela manhã, à tarde, tivemos ensaio dos lunares. Itororó aprendeu a seguir em frente apesar da dor.

O mesmo não se pode dizer de Joana.

Hoje foi o primeiro dia em que ela apareceu no ensaio. Seu corpo estava presente, mas era como se a alma não estivesse. Eu

– 146 –

queria ter dito alguma coisa, mas não encontrei palavras que pudessem animá-la. Então, me contentei em segurar sua mão.

Sei que você deve receber muitas libélulas de pessoas enlutadas e buscando sentido após uma tragédia. Mas, acredite, esta não é uma dessas histórias.

Esta carta é sobre o garoto que invadiu o ensaio e interrompeu Lauren. Ele, que devia ter uns quinze anos, não dirigiu o olhar a ninguém específico, mas suas palavras atingiram a mim e a Joana em cheio.

"Adônis voltou."

É isso. Ele voltou. Ferido, sozinho, e com uma história que entreteve José e os demais interrogadores por horas.

Eu já estava a um passo de aceitar o luto, porém ele voltou.

É assim que é um milagre, Malkiur?

Até um dia desses,
Amir

LIBÉLULA

~ 37 ~

LÁGRIMAS SÃO PARA OS MORTOS

De: Joana Watanabe
Para: Malkiur e o Rei Bom, na Ilha de Espera
31 de Júpiter de 2938

Amado Malkiur,

Adônis está vivo! Por Malkiur, isso é real?

Acho que vim escrever para ter certeza de que não é apenas um sonho. O papel e a caneta em minhas mãos me lembram da materialidade do mundo.

Assim que aquele garoto invadiu o ensaio, eu sabia que era sobre Adônis, mas eu esperava que fosse uma notícia ruim. No entanto, quando ele proferiu as palavras *"Adônis voltou"* meu coração reviveu no peito.

Corri até a casa de José, com Amir no meu encalço. Eu queria vê-lo. Saber se estava bem, porém fui impedida por uma guarda.

"Ele está sendo interrogado", disse a mulher.

– 148 –

"Ele está ferido?", perguntei, mas a mulher não respondeu.

"Por Malkiur! Ele precisa de um médico", falou Amir.

"Será providenciado assim que acabar o interrogatório."

"Sério? Isso não podia esperar?", perguntei.

A mulher me encarou de cima a baixo, depois se virou para Amir e fez o mesmo. Então finalmente respondeu.

"É protocolo de segurança."

"Segurança de quem?", foi Amir quem perguntou desta vez.

Khalila surgiu de um corredor atrás dela e nos olhou com seriedade. Segurou a nós dois pelo braço e nos conduziu para um canto na enorme sala.

"Obrigada pelas informações, Lia", ela disse sem olhar para trás. "Falem baixo", advertiu enquanto Sarai e Ayla se aproximavam. "Podíamos ouvir vocês da outra sala."

"Gael também retornou?", perguntou Amir.

Khalila sacudiu a cabeça em negação.

"Os grupos de busca ainda não voltaram", ela respondeu.

"Então quem o resgatou?", perguntei.

"Ninguém, ele voltou sozinho." As palavras de Khalila fizeram um silêncio recair sobre a sala.

Nunca havíamos visto alguém sobreviver às kardamas *sozinho*.

"E as crianças?", perguntou Amir.

Khalila, Sarai e Ayla se entreolharam.

"Não sei", respondeu Sarai.

Não sei por quanto tempo esperamos. Pareceram horas. Tio Andrei e tia Rebeca se juntaram a nós na espera.

Assim que Maia e Otto saíram da sala, José chamou meu tio para conversar em particular.

Dois guardas saíram carregando Adônis. Tive que fazer um esforço tremendo para conter as lágrimas.

Ele era quase um cadáver. Havia hematomas por todo o corpo. Sangue manchando as roupas. O braço esquerdo quebrado. A cabeça raspada e com ferimentos de lâmina. O lóbulo da orelha direita arrancado. Mal estava desperto.

Tia Rebeca e eu fomos auxiliar os guardas com Adônis enquanto os médicos não chegavam. Tio Andrei voltou e eu fiz questão de não olhar para José, tamanha era minha raiva.

Ele havia feito Adônis ficar horas em uma sala naquele estado. Isso era imperdoável.

Insisti com tia Rebeca para que eu ficasse como acompanhante de Adônis no hospital. Apesar dos muitos protestos, ela cedeu.

Já era alta madrugada, eu escrevia esta carta e minha raposa estava entre a cama de Adônis e minha cadeira, quando ele acordou.

"Oi", eu disse. Procurei sua mão, mas tive medo de tocá-la e acabar machucando-o.

"É bom ver você." A voz dele ainda estava fraca.

Mas, àquele som, as lágrimas rolaram descontroladas pelo meu rosto.

"Lágrimas são para os mortos", disse Adônis.

Sequei as bochechas com o dorso da mão.

"Então são inúteis."

"Não exatamente."

Tive medo de fazer a pergunta que dançava na minha cabeça, mas ainda assim deixei que ela escapasse, fraca, como um fantasma saindo do túmulo.

"As crianças..."

Ele encarou a parede vazia à nossa frente em silêncio. Apesar de não emitir nenhum som eu podia ver as lágrimas escorrendo.

Eram lágrimas de quem estava esgotado até mesmo para se lamentar.

"Eu tentei... Foi rápido, sem dor", ele disse, sem olhar nos meus olhos. "Eles queriam negociar. Era para capturar alguém importante e trocarem por algo", continuou.

"Não tem nada de valor em Itororó", afirmei, ainda secando as lágrimas, as minhas e as dele.

"Você tem certeza? Pode ser um segredo."

Fiquei encarando Adônis, sem conseguir assimilar essa possibilidade. O que seria tão valioso a ponto de valer vidas humanas?

Nada. Não existe nada tão valioso.

"Como você escapou?" Outra pergunta que saiu fraca dos meus lábios. Não por medo, mas porque esta não tinha importância nenhuma.

Ele estava vivo, não importava como.

Era um milagre.

"Eles me torturaram e perguntaram coisas em uma língua que não entendi. Quando notaram que eu não sabia de nada, e que não possuía um Hesed, me deixaram de lado e se concentraram nas crianças... Elas já estavam mortas quando eu fugi."

"Descanse", falei, acariciando sua mão. "Você está em casa agora."

Ele adormeceu com os dedos entrelaçados nos meus.

Existe um misto de sentimentos em mim agora. Por um lado, quero entender o que os teannins buscavam e mais detalhes da fuga de Adônis. Por outro lado, mantive o foco naquilo que era concreto.

Os dedos dele nos meus me lembram de viver o aqui e o agora.

Aproveitar um mundo no qual Adônis está vivo.

No qual posso fechar os olhos sem ter pesadelos com sua morte.

No qual posso lhe contar que estou apaixonada por ele também.

Peço, Malkiur, que o ajude a se recuperar logo.

Com amor,
Joana, filha de Malkiur

LIBÉLULA

~ 38 ~

PONTAS SOLTAS

De: Gael Bazzi
Para: A realeza situada na Ilha de Espera
04 de Saturno de 2938

General Malkiur,

Vim relatar que existem muitas pontas soltas na história de Adônis. Consigo enxergar quando há um nó frouxo e caminhos sem saída em uma história, e na de Adônis são muitos.

Voltei dois dias depois que ele retornou. A vila estava mais silenciosa que o normal, pois estavam preparando o funeral das duas crianças desaparecidas.

Eu fui um dos guardas que insistiram para que voltássemos à busca. Contudo, Maia afirmou que era inútil, por isso nos preparamos para o funeral mesmo sem os corpos.

Ver as fogueiras sendo preparadas para a cerimônia simbólica me trouxe um gosto amargo à boca.

A última vez que estive em um velório como esse foi após o Shakach. Foram muitas fogueiras para cremar todos os corpos. Havia mais mortos que vivos naquela ocasião.

– 153 –

Sei que não sou o único que sentiu esse gosto amargo, pois não vi Joana ou Amir no dia da cerimônia.

Quando voltei, depois de receber as notícias, deixei meu corpo afundar na cama por dias, permitindo que a tensão gerada pela luta e pela busca fosse embora com o sono. Ouvi em segunda mão a história que Adônis contou. Primeiro, ouvi de Amir, mas como ele gosta de enfeitar a realidade, não levei tudo que me disse a sério.

Sarai e Khalila narram versões parecidas. Nenhum dos três soube me dizer ao certo como Adônis se livrou sozinho e desarmado de um grupo de kardamas.

No início, perguntei apenas por curiosidade. Todavia, quanto mais eu pensava a respeito, menos sentido fazia.

Quando fui à casa de Joana para visitar Adônis, só pensava em obter respostas. Eu não deveria ter me surpreendido com a alegria dela. Afinal, Adônis estava vivo, ainda que parecesse uma carcaça humana.

Vê-la me deixou com sentimentos agridoces.

"Fico feliz que você esteja bem", eu disse para Adônis.

Fiquei parado na porta de seu quarto, observando.

"Você não precisa ficar de vigia", Adônis brincou sobre minha postura. Mesmo assim, não baixei a guarda.

Eu estava feliz pelo fato de o rapaz estar vivo, mas isso não significava que agora gostava dele. Nunca fomos amigos. Quando ele chegou, tentei ser amigável, fazer o que Noah nos ensinou. Agir como o esperado para um semeador ao receber um não espectral. No entanto, a sua proximidade com Joana construiu um muro entre nós. Um muro que eu não fazia questão de derrubar.

"Deve ter sido difícil fugir das kardamas. Talvez, depois de receber o Hesed, você deva se tornar um guarda", provoquei.

Adônis ficou em silêncio por um tempo.

"Sabe, Gael, pode ir direto ao ponto comigo", ele disse e me encarou.

"Eu só gostaria de ouvir a história da sua boca", respondi sustentando olhar. "As pessoas falam muitas coisas por aqui."

"Sempre falam. Bom, como já contei para José, Otto e Maia, fui levado com as crianças, pois os teannins queriam fazer uma troca. Não sei o que eles querem. Me torturaram e falaram em uma língua que não compreendi. Quando notaram que o Hesed não se manifestava, voltaram a atenção para as crianças, que não resistiram por muito tempo. Consegui me soltar e fugir, e por sorte eles estavam em uma caverna aqui perto e achei o caminho de volta à vila", relatou.

E não demonstrava um único sinal de dor nos olhos.

"Mas você não sabe a localização da caverna?"

"Não."

"Nem se fizesse o caminho conosco?"

"Não. Eu estava quase morto, nem se quisesse ajudar, e eu quero, conseguiria levar vocês até lá. Foi Malkiur quem me guiou de volta."

Joana entrou no quarto com uma tigela de sopa. O silêncio pairou sobre nós.

"Podem continuar a conversa, rapazes", ela disse entregando a sopa para Adônis, que agradeceu com um sorriso.

"O Gael já estava indo, infelizmente", disse Adônis.

Joana se virou para mim com um olhar interrogativo.

"Só queria ver se estava tudo bem por aqui. Tenho uma ronda para fazer", respondi, e caminhei em direção à saída.

"Gael, espera!", Joana me alcançou quando já estava na escada. "Obrigada pela visita e por todo o resto", e me deu um abraço.

Não consegui reagir de imediato. Meu corpo ficou estático, enquanto eu sentia os braços de Joana envolverem meu tronco e fui envolvido pelo perfume de seus cabelos.

Pigarreei e retribuí ao gesto. Um ato tão simples não deveria deixar um homem tão desconcertado. Mesmo assim, parti para a minha ronda com o cheiro do cabelo de Joana em minhas memórias.

À noite, me reuni com meus amigos para o jantar, na casa de Sarai e Ayla, com todas as coisas que aconteceram naquela visita ainda frescas na lembrança. Então disse a todos eles:

"Não faz sentido matarem as crianças. Qualquer pai daria tudo para ter seu filho de volta, até mesmo trair seu povo."

Eles me encaravam com evidente desconfiança.

"Vai ver os teannins não são tão inteligentes", afirmou Khalila, colocando um pedaço de torta na boca.

"Você está subestimando o inimigo", observou Sarai.

"Mesmo que eles fossem burros, ainda não faz sentido", continuei, tentando não expressar o mau humor por não ser levado a sério.

"Cara, acho que você só tá implicando com o Adônis. Ele quase morreu, talvez nem tudo que ele falou faça sentido", argumentou Amir.

Deixei uma risada irônica escapar.

"Ele me pareceu bem lúcido hoje."

"Você foi até a casa da Joana para falar com ele?", perguntou Ayla, com os olhos arregalados.

Sinalizei com a cabeça. Todos ficaram em silêncio.

"Algum problema?", perguntei.

"A gente acha que você pode estar indo longe demais com sua insistência no assunto. Adônis voltou, vamos apenas dar glória a Malkiur por isso", explicou Ayla.

"É, tipo, talvez você só precise assumir que está com ciúmes da Joana", disse Amir.

Ele levou alguns segundos para notar a troca de olhares constrangedora na mesa. Eu me concentrei em colocar a torta na boca para não chutar Amir por baixo dela.

"Gael", começou Sarai, "eu tenho certeza de que se Adônis representasse algum perigo, José teria tomado alguma atitude. Talvez ele já esteja tomando, por precaução."

"Você confia demais em José", comentou Khalila.

"Ele é o guardião-chefe. A função dele é zelar pela vila que comanda", explicou Sarai.

"Isso não significa que ele é sempre honesto e confiável", contra-argumentou Khalila.

Amir esfregou o rosto e olhou para ela, exasperado.

"O que é isso? Você está concordando com as teorias da conspiração do Gael?"

"Se tem algo que Adônis, Gael e eu concordamos é que há um segredo rondando este lugar", falou Khalila.

O silêncio se instalou de novo, até Ayla concluir o assunto da única forma que eu não poderia esperar, ainda mais vindo dela.

"Se lhe serve de consolo, aqui somos todos time Gael."

Todos riram. Nem mesmo eu consegui segurar. Depois que meus amigos voltaram aos seus pratos, soltei o ar e relaxei os ombros, e Amir aproveitou a deixa para mudar de assunto e tentar concertar a burrada que fez ao revelar meus sentimentos por Joana.

Malkiur, eu não escreveria esta carta se não estivesse alarmado com a situação.

Eu não confio em Adônis a ponto de descartar todos os erros que notei em sua narrativa. Entretanto, não discordo de meus amigos quanto à questão dos ciúmes, por isso lhe peço que esclareça a situação e cuide de todos nós, em especial da Joana. Não sei se suportaria vê-la se machucar.

Agradeço a atenção dos senhores.

Até breve,
Gael

LIBÉLULA

~ 39 ~

Um doce problema

De: Joana Watanabe
Para: Malkiur e o Rei Bom, na Ilha de Espera
18 de Saturno de 2938

Amado Malkiur,

Desde que Adônis voltou, tenho vivido a calmaria após a tempestade. Confesso que nunca achei que fosse experimentar essa sensação, de navegar de maneira suave pela vida. Ao menos nunca imaginei que pudesse sentir isso enquanto ainda estivesse na terra de Aware.

Quando Adônis já estava forte o suficiente para sair da cama, eu o puxei para uma conversa. De imediato me arrependi e quis sair correndo. No entanto, minha boca foi mais rápida do que meus pés e as palavras saíram como um sussurro:

"Também estou apaixonada por você."

O rosto dele se iluminou como eu nunca tinha visto.

"Mas precisamos esperar... Um pouco, sabe? Até você receber o Hesed."

O sorriso sumiu aos poucos dos seus lábios, porém ele concordou.

Não imaginei que seria tão difícil conviver com ele depois dessa declaração.

Eu andava distraída. Pensava em estar com ele e em beijá-lo, o que é estranho, pois nunca havia pensado em alguém dessa forma. Nossas habituais conversas a sós tinham um ar de secretas e, quando íamos na casa de Ayla e Sarai para jantares eventuais, eu me sentia guardando um segredo.

Parecia errado na mesma medida em que era empolgante.

"É só aceitar namorar comigo e acabamos com isso", afirmou Adônis, tarde da noite, enquanto estávamos no telhado conversando.

"Não é tão simples assim", eu disse.

"Eu não entendo. Tem pelo menos uns seis casais entre diferentes povos aqui na vila. Eu trabalho com alguns deles."

"É diferente nesses casos. Quase todos já eram casados como não espectrais e só um recebeu o Hesed. Não faz sentido eles se separarem por isso."

"E os pais do Gael?"

Ele usou uma entonação debochada ao falar de Febe e Pedro, o que me deixou irritada. Eu não sei o que aconteceu entre Adônis e Gael, mas eles mal se falam.

Não consegui responder à pergunta.

Febe e Pedro têm um casamento misto. Ela já possuía o Hesed quando se casou, descumprindo uma das leis de Malkiur acerca do matrimônio. E por mais que para Adônis isso pudesse parecer promissor, eu cansei de ouvir Gael falar sobre como era doloroso ter uma casa dividida.

"Eu não entendo por que as pessoas não podem se amar. É simples", concluiu ele.

"O amor nunca é tão simples, especialmente em tempos de guerra", afirmei.

"Me parece simples quando olho para você", exclamou Adônis, sorrindo.

Ele estava tão perto que eu quase podia sentir a sua respiração. Meu coração disparou, mas, apesar do meu desejo de gritar *se aproxime*, o Hesed puxou a barra da minha calça e me trouxe de volta à realidade.

"Preciso dormir", levantei depressa, antes que desse ouvidos às vontades pulsantes na minha pele.

Desci as escadas na ponta dos pés até meu quarto no segundo andar.

A raposa enfiou o focinho na escada, em direção à cozinha. Notei que as luzes estavam acesas e parei na ponta da escada para ver quem estava lá embaixo. Tia Rebeca e tio Andrei tomavam chá enquanto conversavam.

"Acho que você deveria conversar com ela", sugeriu tio Andrei.

"Não temos certeza do que está acontecendo", respondeu tia Rebeca.

"Eu vejo como os dois se olham. Não posso permitir que ela se envolva em problemas, se é que já não está envolvida...", disse tio Andrei.

"E se aceitarmos a sugestão de José e o mandarmos para outra vila? É radical, mas acredito que José tenha seus motivos para propor algo assim", sugeriu tia Rebeca.

"De todo modo, não podemos evitar essa conversa. Joana é como se fosse nossa filha, precisamos cuidar dela como tal", afirmou tio Andrei. "É o mínimo que podemos fazer por Kai e Tamar."

Tia Rebeca concordou com a cabeça.

"Vou pedir ajuda de Noah pela manhã", concluiu tia Rebeca.

Fui para o meu quarto com o peito fervilhando de raiva. Como assim *mandar Adônis embora?*

Nenhuma das palavras da conversa entre meus tios fez sentido para mim. Elas tiveram o poder de me manter acordada por horas, inquieta. Então precisei escrever esta carta.

Malkiur, eu não entendo o que eles veem de tão errado. Eu tenho sido paciente, esperado pelo momento certo, e ainda assim eles enxergam problemas.

As lágrimas cortam meu rosto como bolas de fogo enquanto escrevo isto.

Por que querem me deixar sozinha de novo? E, desta vez, quem está planejando isso são pessoas que amo!

A raposa me ronda enquanto escrevo estas palavras, como testemunha de que não deixarei que arranquem Adônis de mim outra vez.

Joana, filha de Malkiur

LIBÉLULA

~ 40 ~

Guarde seu coração

De: Joana Watanabe
Para: Malkiur e o Rei Bom, na Ilha de Espera
21 de Saturno de 2938

Amado Malkiur,

Tenho fugido da tia Rebeca, como um animal selvagem que se esconde no coração da floresta. Acredito que ela está começando a desconfiar. Eu não quero conversar acerca de minha — talvez um dia — futura relação com Adônis.

Levei alguns dias para contar a ele o teor da conversa de meus tios. Adônis não me pareceu surpreso. Ele nunca me contou ao certo o que José, Otto e Maia lhe perguntaram quando retornou. Então, julguei que não era tão relevante assim, até agora.

"Não seria a primeira vez que eu seria expulso de algum lugar", disse ele.

"Não vamos deixar que nos separem", afirmei, com medo da resposta dele.

"Claro que não!", ele disse, me puxando para um abraço. "Agora que sabemos do plano deles, podemos ter um plano B, caso seu tio fale mesmo com José."

A proposta me pareceu boa, apesar de eu não fazer ideia de qual seria esse nosso plano B.

Com a cabeça encostada no peito de Adônis, eu podia ver a raposa nos encarando com olhos severos, mas resolvi ignorá-la e me afundar em seus braços. Esse momento de calmaria não durou muito, pois tive que retornar ao mundo real.

Hoje, fui à casa de Febe levar alguns tecidos para a confecção de roupas para o Dia da Graça.

"Joana!", exclamou Febe, animada ao me ver. "Há quanto tempo não nos vemos", completou e me abraçou. "Pedro e eu sentimos sua falta nos últimos encontros que Gael fez aqui em casa."

"Vou estar no próximo", prometi.

Gael me chamou para vir jantar aqui duas vezes e eu neguei, como agora me dava conta, apenas para estar a sós com Adônis.

"Entre, vamos levar os tecidos para o ateliê."

Segui Febe em silêncio. Por algum motivo eu não conseguia esquecer a pergunta de Adônis acerca do casamento dela.

Febe notou meu desconforto, então perguntou:

"Está tudo bem, querida?"

"Tá sim", tomei coragem para dizer as palavras que me assombravam. "Eu só estava pensando sobre você e Pedro..."

Febe suspirou e colocou os tecidos na mesa ao lado da máquina de costura.

"É sobre aquele amigo não espectral de vocês, não é? Adônis é o nome dele, certo?"

Balancei a cabeça em afirmação para as duas perguntas.

Eu *não queria* contar a Febe sobre Adônis e eu. Contudo, algo no olhar daquela mulher, um misto de dor e pena, fez minhas pernas tremerem.

"Olha, querida, vou ser sincera com você. Se eu pudesse dar um conselho seria o de guardar seu coração e se afastar daquele rapaz o mais rápido possível."

As palavras me atingiram na boca do estômago, um golpe desferido contra minhas vãs expectativas de que ela, justo ela, me entenderia.

"Por quê?", foi tudo que consegui perguntar, com a voz embargada. Por algum motivo a conversa despertou em mim a vontade de chorar.

"Porque o fardo é pesado demais. Não me entenda mal, eu amo meu marido, e sei que o Rei Bom já apagou meu erro, porém existem consequências que carrego há anos." Febe se sentou em uma cadeira e eu pude ver seus ombros caindo, enquanto os meus ficavam tensos.

"Eu mando enxurradas de libélulas a Malkiur todos os dias, pedindo que Pedro receba o Hesed. Ao mesmo tempo, consigo imaginá-lo recebendo uma kardama e Gael matando o próprio pai para proteger a vila."

"Ele não faria isso", falei sem pensar, um gosto amargo subindo à boca.

"Se é mesmo o que você pensa, então não conhece meu filho o suficiente", afirmou Febe, olhando em meus olhos.

Aquelas palavras quebraram a parte do meu coração que ainda se mantinha intacta em meio àquela conversa.

"Joana, o Rei Bom foi gracioso comigo e me deu Gael, mas nem todas as histórias têm o mesmo fim. Não podemos ter uma história que deu certo como parâmetro para questionar as leis de Malkiur. Digo isso porque me importo de verdade com você."

Febe tentou sorrir para aliviar a tensão da conversa, porém foi inútil.

O nó na minha garganta aumentou e senti que precisava ir embora antes que começasse a chorar.

"Acho que eu preciso ir", falei, ainda me recuperando da pancada.

"Tem certeza de que não quer ficar para um chá?"

Confirmei com a cabeça.

"Eu volto outro dia", menti.

Febe me levou até à porta e me deu um forte abraço. Foi como se ela tentasse usar a força para colar minhas partes quebradas.

Não deu certo.

Depois do ensaio, fugi de Amir, que passou a tarde toda me perguntando se eu estava bem, e fui até a Praia do Poente.

Estava vazia.

Sentei-me sozinha para observar o sol se encontrar com o horizonte. Apesar da beleza estonteante, eu me sentia triste.

Mesmo que eu soubesse que um casamento entre filhos de Malkiur e não espectrais é proibido, olhar para Febe e Pedro me dava alguma esperança. Sei que fui tola, pois cresci ao lado de Gael. Sabia que essa situação causa um peso enorme sobre seus ombros, e no entanto...

E se Adônis não receber o Hesed logo?

E se eu não aguentar calar a minha carne e esperar?

E se ele se tornar um teannin?

Lágrimas de amargura escorreram por minhas bochechas e abracei a raposa com tanta força que pensei que nos tornaríamos um só.

Apenas quando me acalmei o Hesed retornou para meu peito.

Vim direto para casa. Ignorei Ayla, que estava à minha procura, assim como meus tios e Adônis, e me tranquei no quarto para escrever esta carta e perguntar:

Malkiur, o que eu faço?

Com amor,
Joana, filha de Malkiur

LIBÉLULA

~ 41 ~

Sobre cavernas e a Luz

De: Joana Watanabe
Para: Malkiur e O Rei Bom, na Ilha de Espera
22 de Saturno de 2938

Amado Malkiur,

Hoje, acordei me sentindo suja.

Fazia anos que eu não acordava assim.

Suja e vazia.

Isso me fez voltar no tempo.

Mergulhar nas minhas memórias de adolescência.

Quando eu tinha catorze anos e acordava de madrugada, encontrava uma caverna para me esconder e buscava algo que eu não deveria.

Me lembro bem que o Hesed sempre emitia gemidos nessas ocasiões.

A raposa tentava me puxar para fora da caverna, mas eu resistia.

Até que o prazer passava e eu desabava.

Vazia e desesperada.

– 168 –

Eu queria poder dizer que fazia isso porque sentia falta dos meus pais. Ou porque me sentia sozinha. No entanto, seria mentira.

Eu fazia pelo prazer, e nunca calculava o buraco negro depois.

Meus amigos perguntavam por que o Hesed andava tão cabisbaixo, e eu acobertava meus erros com mentiras.

Tapando lama com lama.

Até quebrar meu orgulho e pedir perdão. Assim, o Hesed voltava para dentro do meu peito.

Uma noite, o vazio e desespero que tomou conta de mim foi tão grande que uma das facas que Noah comprou para nos proteger pareceu ter outra utilidade. Eu peguei a faca escondida em meio aos pertences de Sarai, mas antes que pudesse fazer algo contra mim mesma, Noah apareceu na entrada da caverna.

"Você não deveria sair sozinha à noite", a voz de Noah soara calma.

Eu sentia tanta vergonha que não tive coragem de sair da caverna. Muito menos de responder.

"Sabe, eu tenho vergonha também. Quando faço algo que decepciona Malkiur. É inevitável, todos sentimos. Quer saber como isso passa?", ele olhou para dentro da caverna e eu torci para que não pudesse me ver. "Eu recordo o que Malkiur fez por mim."

Noah me lembrou de como você foi corajoso ao entrar no palácio de Ahriman.

Sem exército e sem armas.

Como ofereceu o que Ahriman exigiu, em troca da liberdade para os desertores, prisioneiros e traidores.

Até os traidores.

Ahriman sempre exigia sangue. E você deu o seu.

— 169 —

Entregou a própria vida para que os seres humanos pudessem voltar a viver em paz com o Rei Bom.

Morreu sozinho. Desarmado e abandonado ouvindo a risada de escárnio do usurpador do trono.

"Um amor tão grande, não acha?", continuou Noah.

Lembrei que a história não termina em morte, mas sim com Malkiur aparecendo em um campo de batalha.

Vivo.

Foi uma traidora arrependida que teve a honra de ver você primeiro. Enquanto andava sobre um vale de ossos, ela viu uma grande luz e foi presenteada com sua presença.

Ela viu os ossos virarem flores e o príncipe herdeiro triunfar sobre a morte.

Esse dia ficou conhecido como Dia da Graça.

Eu chorava quando o Hesed entrou na caverna. A raposa me olhou com olhos de amor.

Tão grande amor.

E me conduziu para fora. A vista estava linda. Com os primeiros raios da manhã banhando a floresta entre as frestas dos galhos.

"Não consigo parar. É... viciante", confessei, me sentando ao lado de Noah, em um tronco caído.

Ele me abraçou forte e mandou para você uma libélula. A dele saiu brilhante de sua boca. A minha saiu fraca e desesperada, e no entanto era tudo que eu tinha. Foi o suficiente para a luz também banhar meu coração.

"No El Berith existe uma fórmula para lutar contra esses desejos errados do coração. Vou ensinar para você."

Voltamos para o acampamento e, daquele dia em diante, passei a lutar com meus pecados da mesma forma que Gael combate as kardamas que tentam nos atacar.

Hoje, anos depois, sinto como se eu estivesse na porta de uma caverna pela segunda vez.

Não sei dizer ao certo de que lado estou.

Olhando para o interior escuro e sendo guiada pelos meus desejos. Ou olhando para fora, para os primeiros raios da manhã.

Esperei o Hesed sair do meu peito e chorei quando ele me olhou com olhos de amor.

Os mesmos olhos de amor que nunca mudaram.

Disse para mim mesma: *Não mais presa*.

Nunca mais!

Levantei e abri a janela, para usar os primeiros raios da manhã a fim de escrever esta carta.

Hoje é comemorado o Dia da Graça!

Com amor,
Joana, filha de Malkiur

LIBÉLULA

~ 42 ~

TRADIÇÕES DE FAMÍLIA

De: Khalila Kohler
Para: O Rei Bom e o príncipe da esperança, na Ilha de Espera
22 de Saturno de 2938

Príncipe Malkiur,

Feliz Dia da Graça!

Esse é meu feriado favorito. A maioria das pessoas prefere o Natal, porém foi no Dia da Graça que o verdadeiro milagre aconteceu.

Eu gostaria de ter visto, o dia em que um campo de batalha se tornou um lindo jardim e os primeiros filhos de Malkiur receberam o Hesed, as libélulas e o El Berith.

Como eu gostaria de ver o livro original, escrito em Chavah! Espero viver esse momento no Grande Retorno.

A celebração começou cedo, com um café da manhã coletivo, o que fez com que nós, guardas, e boa parte dos lunares, acordássemos antes das seis da manhã.

"Bom dia", cumprimentou Amir, com um sorriso.

– 172 –

Ele levava uma bolsa consigo, e ambos sabíamos o que isso significava.

No Dia da Graça, muitas vilas fazem peças teatrais que contam a história desde o Sheqer até a morte e volta de Malkiur. É uma tradição da qual, como peregrinos, nós nunca participamos. Então, Amir criou uma tradição para nós.

"Eu chamo de O Memorial! É um jogo de mímica misturado com jogo da memória, e o tema do jogo são acontecimentos ou objetos relacionados ao Dia da Graça. A dupla que acertar mais eventos ganha", explicou Amir.

Mesmo sem entender muito bem a dinâmica, Joana e eu formamos uma dupla. Ela sorteou o primeiro papel e fez uma mímica que, logo adivinhei, se referia ao primeiro Hesed existente, que apareceu em forma de pássaro, no Dia da Graça.

Depois disso, a cada ano Amir acrescentava mais detalhes da história ao jogo, o que o tornava mais complexo. Um ano, em vez da mímica, tivemos que usar palavras na Língua das Mãos para descrever os eventos. O que nos fez desenvolver gestos para novas palavras. No outro, fomos obrigados a desenhar. Nem preciso dizer que Joana e eu ganhamos o jogo aquele ano.

No fim de cada rodada, Amir havia ficado satisfeito pela complexidade de sua invenção e Noah, orgulhoso do filho pela quantidade de detalhes extraídos das histórias no El Berith.

"Pronta para perder hoje à noite?", perguntou Amir, balançando a bolsa.

"Eu não perco há quatro anos", afirmei, sorrindo.

"Só Malkiur é invencível", Amir piscou para mim.

"Veremos."

Dei outra risada e esfreguei as mãos. Amir não gosta de admitir, mas ainda que tenha criado a coisa toda, ele e Sarai são péssimos. Gael e Ayla já tiveram seus momentos de glória. No entanto, Joana e eu somos imbatíveis nesse jogo.

"Nos vemos na casa de Sarai", despediu-se Amir, apontando um dedo nada ameaçador para mim enquanto se retirava.

"Ei!", gritei quando estava a alguns metros de distância. "A Joana vai levar o Adônis?"

Amir deu de ombros.

"Faz dias que mal converso com ela", confessou Amir e foi embora.

Faz dias que nenhum de nós conversa direito com Joana. Ela foge toda vez que chegamos perto. Perder a minha dupla para Adônis é péssimo, mas não saber o que está acontecendo com minha amiga é ainda pior.

Eu estava tão animada com tudo ao meu redor que me deixei envolver pelas pessoas e sorrisos. O que mais me cativa no dia de hoje é sua leveza. É uma festa diurna, em que celebramos a volta do Príncipe da Luz. Sinto que depois do último Sheqer, é tudo de que precisávamos.

José fez a leitura pública do El Berith pouco antes do almoço. Fora a voz dele, ensinando mais sobre nossa história, só ouvíamos os pássaros à distância.

Parte dos guardas almoça antes do fim da leitura, junto com a maioria dos lunares, para que, na hora de maior alvoroço pela comida, possamos estar de vigia, enquanto os lunares organizariam a peça que seria interpretada durante a tarde.

Ayla me entregou um prato farto junto com uma mensagem importante:

"Joana e Adônis acabaram de passar por aqui", e apontou com a cabeça para a direção da mesa em que eles comiam com outros lunares. Andei até lá, pedi licença e me sentei ao lado de Joana.

"Pronta para manter a invencibilidade hoje à noite?", perguntei, ignorando Adônis.

Ela franziu a testa, como se não soubesse do que eu estava falando.

"O que tem hoje à noite?", perguntou Adônis.

"Assunto de família", disparei sem pensar.

"Khalila", Joana me repreendeu, e depois se virou para Adônis. "É um jogo. Uma tradição que criamos na estrada."

"Vocês são cheios de tradições, só não superam a quantidade de regras", resmungou Adônis.

Joana pareceu não ter notado o tom de desdém na voz de Adônis, mas eu notei. Tive que morder a língua para não dar uma resposta torta.

"Quantas festas como essa vocês têm por ano?", perguntou Adônis.

"Como essa?", questionou uma lunar de nossa mesa.

Todos os presentes pararam as conversas paralelas para prestar atenção em nós.

"É. Uma distração da guerra."

"Isso não é uma distração, é uma comemoração de vitória", respondi, rapidamente.

Adônis colocou uma colher de comida na boca e mastigou lentamente, antes de engolir e responder:

"Meio cedo para cantar vitória..."

"O que você quer dizer com isso?", retruquei, com os punhos cerrados

"Já volto", Joana nos interrompeu, levantando-se repentinamente da mesa.

Ela foi se encontrar com Noah. Depois que Joana saiu, todos na mesa alternavam os olhares entre Adônis e eu, como se esperassem pela fagulha que iria incendiar a festa. No entanto ela não veio.

Posso não ser a melhor pessoa para controlar meu temperamento, mas isso não estragaria meu dia. Não hoje.

Adônis terminou de comer em silêncio, e eu fiz o mesmo.

Passei o dia pensando em como Joana estava distante. Acredito que essa reação tenha alguma ligação com o comportamento desdenhoso de Adônis. Eu sei que é normal que os não espectrais não entendam nossas tradições e tenham perguntas, mas ele foi longe demais para alguém que está tentando viver no meio de nosso povo.

Chamar algo tão importante como o Dia da Graça de *distração* me parece imperdoável.

Fiquei o resto do dia com palavras entaladas na garganta, esperando Joana aparecer (e torcendo para que Adônis ficasse em casa) de noite, para conversarmos. Eu não desgostava dele como Gael, mas estava começando a ficar com um pé atrás.

Gael estava certo sobre a estranheza na história de como ele voltou do Sheqer. E Adônis não se mostrou tão disposto a conhecer Malkiur.

Uma pena que minhas palavras ficaram entaladas até meia-noite.

Esperamos Joana chegar para começarmos o jogo. Na primeira hora jogamos conversa fora e especulamos as mudanças que Amir teria feito nas regras, mas nas horas que se seguiram um mau humor se instalou em todos nós.

Amir já havia despejado os papéis de sua bolsa sobre a mesa da casa de Ayla e estava jogando-os de um lado para o outro quando disse:

"A gente deveria saber que ela não viria hoje também."

"Será que aconteceu algo?", perguntou Ayla.

"Aconteceu, o nome dele é Adônis", Amir bufou, estapeando os papéis para longe, que voaram pelo chão.

Sarai deu uma cotovelada nele para conter a língua.

Gael estava com a cara fechada e em um silêncio sepulcral. Sentado no sofá de braços cruzados.

"O que vamos fazer?", perguntou Ayla.

Levantei da mesa e peguei meu casaco.

"Vai mesmo embora?", perguntou Sarai. Pude sentir a irritação em sua voz.

Ela estava brava com Joana, não comigo, é claro.

"Vou atrás da minha dupla."

Quando estava a caminho da casa de Joana, deparei com uma pessoa saindo da Casa da Aliança. Ninguém ia ler o El Berith naquela hora da noite. Apesar de não ser proibido, não era usual.

O guepardo foi rápido e se colocou ao meu lado, em alerta. Busquei minha espada nas costas só para notar que, na pressa, eu a tinha deixado na casa de Sarai e Ayla. Quando a figura se aproximou de um dos postes da rua, pude ver com clareza. E me dar conta de quem era tornou tudo ainda mais estranho.

"Oi", cumprimentou Adônis.

"Oi", respondi, confusa. Desfiz a posição de defesa, baixando as mãos, e disse: "Meio tarde para uma leitura, não?".

Ele esfregou na calça as mãos sujas de uma espécie de pó preto.

"Ah, eu estou lá desde depois do jantar, perdi a hora", ele começou a andar em direção a casa de Joana, e eu o acompanhei.

"Joana estava com você?", perguntei.

"Não a vejo desde o almoço", respondeu Adônis. "Aconteceu alguma coisa?" Pude notar preocupação no tom de voz.

"Ela não apareceu para nossa reunião de família", respondi.

Andamos apressados até a casa de Joana, e eu podia apostar que, assim como eu, ele estava torcendo para encontrá-la em casa.

"Desculpa por hoje cedo", disse ele, me pegando de surpresa. "Eu não queria ofender, só não entendo algumas coisas... e odeio festas lotadas."

"No geral, eu também odeio", confessei. "Mas o Dia da Graça é diferente. É um dia que vale a pena estar no meio do meu povo."

Já havia notado que Adônis fugia de multidões e ficava irritado em dias de Loa, sobretudo depois do sequestro. Acho que, de alguma forma, todos ainda estamos lidando com as consequências daquela noite.

No meio do caminho, tomei coragem para fazer a pergunta que martelava em minha mente desde que o encontrei:

"Por que foi à Casa da Aliança justo hoje, um dos poucos dias que temos uma leitura pública do El Berith? Poderia ter conversado com José ou Noah."

Ele ficou um tempo em silêncio antes de responder:

"Eu não me sinto à vontade perguntando. Prefiro procurar no livro."

Quando chegamos na casa de Joana, ela e Rebeca estavam do lado de fora, com Andrei e meu pai.

"Por Malkiur!", exclamou Rebeca. "Achamos que havia acontecido algo com você!", disse, dirigindo-se a Adônis.

"Eu só perdi a hora na Casa da Aliança."

Joana correu para abraçá-lo.

Todos ficamos um pouco desconfortáveis com o gesto.

"Bom, aproveitando que também achei minha filha, acho que podemos dormir", declarou meu pai.

"Desculpe, eu não queria causar alvoroço", repetiu Adônis.

"Sem problema, na próxima só avise alguém", a voz do meu pai era mais severa que o normal.

Joana comunicou com as mãos enquanto meu pai falava:

Me desculpe, amanhã eu vou explicar.

Assenti para ela. Eles entraram na casa e meu pai e eu fomos embora.

"E a tradição de vocês?", perguntou meu pai.

"Tivemos um imprevisto." Para variar, ele não me perguntou se eu estava bem ou o que tinha acontecido para que eu estivesse andando com Adônis de madrugada.

"Pai." Ele pareceu surpreso com o uso da palavra. "Você confia nele?", perguntei.

Otto ficou em silêncio.

Claro que não foi a pseudobriga no almoço que me deixou alarmada, nem encontrá-lo na Casa da Aliança ou o silêncio do meu pai, mas sim a reação do Hesed quando o encontramos.

Durante todo o caminho até a casa de Joana, o guepardo se manteve entre Adônis e eu, e sei que ele estava em posição de ataque, com os pelos eriçados e as garras à mostra. Sei disso porque já o vi assim inúmeras vezes, quando encontramos uma kardama.

Ficar acordada e escrever esta carta é uma forma de garantir que estarei alerta caso algo tente atrapalhar que o amanhã chegue para minha conversa com Joana.

Malkiur, por favor, garanta a segurança dela.

Até nosso encontro,
Khalila

LIBÉLULA

~ 43 ~

UM CONVITE TENTADOR

De: Joana Watanabe
Para: Malkiur e O Rei Bom, na Ilha de Espera
22 de Saturno de 2938

Amado Malkiur,

Esta carta não é endereçada apenas a você. Ela também é para todos que amo: tia Rebeca e tio Andrei, Sarai, Amir, Ayla, Khalila, Noah e Gael.

Vou fazer um breve relato dos últimos eventos que me trouxeram até aqui, e espero que seja suficiente para que vocês entendam o que me levou a tomar tal decisão e a escrever esta carta.

E, depois de a lerem, espero que me perdoem.

Desde minha conversa com Febe, não consegui tirar da cabeça as palavras dela sobre amar alguém que não é do nosso povo ser uma péssima decisão.

Acho que entendo a sua dor.

Fiquei tão confusa que minha única solução foi fugir de Adônis. Foi uma das tarefas mais difíceis dos últimos anos.

– 180 –

Dar lugar a dúvidas sobre onde o coração de Adônis estava foi tão doloroso quanto ouvir a pergunta que ele me fez de manhã cedo, no Dia da Graça:

"Você desistiu de mim?"

Vi sinceridade e dor no olhar dele.

"Não...", foi minha resposta imediata, apesar de não ter mais tanta certeza de até onde estava disposta a ir para lutar por nós.

"Então o que houve?"

Dei de ombros, incapaz de expressar outra reação.

Ficamos um bom tempo em silêncio, enquanto eu terminava de ajeitar o vestido roxo que Febe havia costurado para a festa de hoje.

"Eu andei pensando... será que existe algum lugar para a gente?", perguntou Adônis, quebrando o gelo.

"Como assim?"

"Ah, um lugar onde possamos ficar juntos de verdade, sem segredos e essa baboseira de guerra."

Ele estava muito confortável com essas palavras.

Pela primeira vez em meses, me ocorreu perguntar o que ele achava da história de Malkiur.

"É uma história", respondeu baixo, como se as paredes tivessem ouvidos. "Assim como Ahriman. Ninguém nunca viu nenhum dos dois, ninguém apareceu quando meu pai ou os seus morreram, e ainda assim continuamos lutando e nos matando feito idiotas em nome dessas duas divindades."

"Lutamos por nossa fé", eu disse, de cabeça erguida.

"*Vocês* lutam por fantasmas", respondeu Adônis, com tanta assertividade que se suas palavras fossem uma lâmina ela seria capaz de cortar meu peito ao meio.

"E o Hesed? E as kardamas? Acho que eles são bem reais", uma parte de mim disparou essas palavras com raiva, enquanto observava a raposa parada na porta do meu quarto, observando como costumava fazer. "Eles fazem parte de nós. Podem ser controlados, assim como uma mão ou um pé."

Ele não fazia ideia do que estava falando. Não tinha a ligação que eu tenho com o Hesed. Era incapaz de ver que éramos, ao mesmo tempo, autônomos e um só.

Indivíduos únicos que compartilhavam do mesmo coração.

Eu nunca poderia controlar o Hesed. E ele, apesar de ter todo o poder de Malkiur em seu corpo de luz manifesto como uma raposa, não o usaria contra mim.

Pelo contrário, ele me ensina a cada dia como ter o amor de Malkiur.

Como ser justa e misericordiosa como o Rei Bom.

E como ser sábia como o Hesed.

"Desculpa se chateei você", Adônis se desculpou ao se aproximar de mim e tirar, da frente de meus olhos, uma mecha que havia se desprendido da trança. "Não é que eu não acredite em nada, só acho que a guerra é inútil."

Isso eu também achava. No entanto, não fui eu quem a iniciou, nem eu quem iria terminá-la.

Adônis beijou minha bochecha e saiu do meu quarto. Fazendo com que meu coração saltasse no peito.

O Dia da Graça correu como o esperado, e durante todo o tempo minha cabeça e meu coração giraram tanto quanto Lauren e os demais lunares na coreografia de hoje.

Se ele não crê, por que ainda está aqui? E por que é tão difícil abafar os desejos do meu coração?

Durante o almoço, fugi de Khalila e do papo sobre nossas tradições para conversar a sós com Noah. Precisava que alguém me dissesse o que fazer.

Fomos até a casa dele. Me afundei no sofá como uma pedra no fundo de um lago. Queria ficar ali para sempre.

"É assim que pesa um coração quebrado?", perguntei para Noah, sem fazer qualquer introdução ao assunto. Àquela altura, tanto tia Rebeca quanto Febe já deveriam ter falado com ele.

"Acho que pesa diferente de pessoa para pessoa", ele respondeu, sentando-se na poltrona à minha frente.

Conversar com ele era diferente. Febe mal me conhecia e sinto que tia Rebeca ainda vê muito de minha mãe em mim. No entanto, Noah é o mais próximo de um pai que eu tive após o Shakach.

"Joana, eu poderia abrir o El Berith e ler as ordens de Malkiur, ou falar das consequências de seguir seu coração, mas acho que Febe já disse tudo. Eu não vou brigar com você nem proibi-la de ver Adônis. Você não tem mais quinze anos, então o que quer aqui?"

Noah sempre vai direto ao ponto, sem rodeios. Ele é gentil e fala baixo, porém com um olhar firme de autoridade.

Fiquei em silêncio por longos minutos, engolindo o nó na minha garganta.

"Um conselho de pai", eu disse por fim.

Os ombros firmes dele caíram por alguns instantes. Desarmando-se. E gesticulou para que eu falasse.

"O que eu faço com o que sinto por Adônis?" Meus olhos umedeceram e, conforme eu falava, transbordaram em lágrimas. "E se for amor, como eu lido com isso?"

Sentia-me como uma criança. Como se eu fosse uma garotinha que caiu enquanto corria atrás de Amir em uma brincadeira. E agora Noah tinha que limpar meus joelhos ralados.

Ele meditou por alguns segundos antes de responder:

"A questão é o que você vai fazer *apesar* desse sentimento." Enquanto meu interior era sacudido como que por um

– 183 –

furacão e minhas bochechas encharcavam cada vez mais, Noah permanecia sereno. "Os outros, lá fora, podem se apaixonar e se dar em casamento a quem bem entenderem, mas você tem que pensar no Grande Retorno."

Essas palavras me deixaram inquieta ao mesmo tempo que me deram um norte.

Não era um caminho claro de tijolos amarelos, mas uma trilha vacilante em meio à neblina. Ainda assim, era um caminho que eu poderia seguir.

"Em relação à dor que a fidelidade a Malkiur pode causar...", Noah levou a mão ao bolso e tirou um doce embrulhado em papel amarelo, "... nada que um brigadeiro não possa resolver."

Eu ri baixo, enxugando as lágrimas. O doce parecia delicioso, embora inútil para resolver meus problemas.

"Você roubou isso da mesa de doces antes do almoço terminar?", perguntei ao abrir o embrulho do brigadeiro. Não iria desperdiçar aquela raridade.

"Pedi a uma certa zeladora." Noah piscou para mim.

Eu ri.

"Ayla não deveria ficar responsável por servir a comida", afirmei, terminando de mastigar o doce.

Gostaria de parar por aqui, dizer que fui para casa, digeri todos aqueles sentimentos em inúmeras telas e potes de tinta e me esqueci de Adônis. Porém, não é esse o fim da história.

Conversei com Lauren sobre não estar me sentindo bem e pedi dispensa de minhas tarefas pelo resto do dia.

Fui para casa e mergulhei em tudo que já havia pintado para ou sobre Adônis. Recriei inúmeras coisas, com camadas e mais camadas de tinta sobre a tela, e com a ajuda do Hesed rasguei alguns outros desenhos. Perdi a hora e só notei que havia anoitecido quando tia Rebeca bateu à minha porta.

"Oi", disse ela, tentando espiar dentro do meu quarto. "Adônis está com você?", ela perguntou, séria.

"Não o vejo desde o almoço", respondi. "Aconteceu alguma coisa?"

Tia Rebeca hesitou por alguns segundos.

"Não o encontramos em lugar nenhum", ela disse, a voz falhando.

Essas palavras foram o suficiente para ressuscitar o desespero do Sheqer no meu peito. Todos os eventos horríveis daquele dia voltaram à minha memória como uma enchente e de repente me faltou o ar.

Vasculhei a casa como se pudesse encontrá-lo escondido dentro de um armário ou atrás da cortina. Mas, é claro, não achei nada.

"Seu tio foi falar com Otto", explicou tia Rebeca, tentando me acalmar.

"Otto? Deveríamos chamar algum guarda", respondi inquieta.

Quando Otto chegou, eu tremia de nervoso.

De novo não, de novo não, de novo não...

Só Malkiur soube o tamanho do meu alívio quando vi Adônis e Khalila se aproximarem de casa. Nem pensei duas vezes antes de me lançar ao pescoço dele e lhe dar um forte abraço.

"Eu só perdi a hora na Casa da Aliança", explicou Adônis.

"Sem problema, mas na próxima vez avise alguém", disse Otto, com certo tom de irritação na voz.

Comuniquei desculpas com as mãos para Khalila e, ao me despedir, prometi explicações pela manhã.

Adônis e eu, como de costume, esperamos meus tios dormirem para nos encontrarmos no telhado. Quando cheguei, ele estava concentrado nas estrelas.

"Por que ficou tanto tempo sumido?", eu perguntei me sentando ao seu lado.

"Já disse, perdi a noção da hora." Um silêncio pesado caiu sobre nós por segundos que pareceram infinitos. "Fui tentar entender, por você... Fui atrás de respostas no El Berith", explicou ele.

"Achou o que procurava?" Meu coração implorava que ele dissesse sim, mas sua resposta foi como um terremoto abrindo uma cratera debaixo de meus pés.

"Eu vou embora amanhã cedo, e quero que você venha comigo."

Engoli em seco, e Adônis pegou em minhas mãos. Suas mãos estavam manchadas de preto.

"Eu quero construir um lugar melhor para nós dois, longe desta guerra. Um lugar onde tenhamos paz, independentemente de que espectral você possuiu. Um lugar onde todos sejam livres e ouvidos. E onde os governantes não guardem segredos. Mas esse lugar não vai fazer sentido se você não estiver lá." Adônis apertou minhas mãos e pude jurar que vi lágrimas brilharem no canto de seus olhos. "Eu te amo Joana, e nada pode mudar isso."

Meu corpo incendiou com suas palavras, meu peito parecia explodir e meu coração queria saltar direto para as mãos dele.

Quando ele terminou de falar, desci e comecei a arrumar minha mala, movida pelo impulso de ter alguém que gostaria de construir um lar comigo. De ter alguém que me amasse.

A raposa estava enlouquecida, correndo pelo quarto e tentando chamar minha atenção para algo. Imaginei que fosse para as palavras do El Berith, mas era outra coisa.

Eu a segui na tentativa de fazê-la ficar quieta, e ela me conduziu até o quarto de Adônis.

Até um pequeno objeto escondido embaixo da cama dele. Um objeto que em hipótese alguma deveria estar ali.

Desci as escadas em silêncio, aproveitando que ele ainda estava no telhado, e abri a gaveta do lado da minha cama. Pela primeira vez desde o Natal, peguei a adaga que Gael me dera e coloquei no bolso da minha calça.

Foi esse objeto que me motivou a escrever esta carta.

Sei que vocês devem estar confusos, e eu não posso falar sobre o que ainda não entendo. Acho que descobri sobre Adônis algo mais assustador do que tudo que já imaginei, mas preciso ter certeza.

O sentimento que ele faz queimar no meu peito suplica que eu garanta que seja mentira.

Preciso aceitar o convite de Adônis e partir.

Preciso que confiem em mim, e creio que logo estaremos juntos de novo.

Agora, eu preciso seguir meu coração.

Com amor,
Joana

Parte III

Aquilo que queima de dentro para fora

REGISTRO

~ 44 ~

LAUDO DE INCÊNDIO

No dia 23 de Saturno de 2938 ocorreu um incêndio na Casa da Aliança, na vila de Itororó.

A fumaça foi avistada na superfície por volta das 15h30, podendo o incêndio ter tido início até uma hora antes, no subsolo da estrutura.

No mesmo dia, foi registrado o ataque de alguns integrantes do povo teannin à vila. Todos foram abatidos no local, não havendo perdas de filhos de Malkiur na batalha.

Suspeita-se que esses inimigos abatidos sejam os responsáveis pelo ocorrido na Casa da Aliança, mas não se sabe ao certo como o incêndio teve início nem quem entregou a localização da Casa da Aliança para os teannins. O princípio das chamas se deu no subsolo, onde ficavam guardadas as cinco cópias do El Berith.

Sabe-se que quatro pessoas estavam na Casa da Aliança na hora do incêndio: dois guardas, uma lunar e um não espectral. Não foi possível identificar essas pessoas.

Todas as cópias do El Berith foram destruídas, e nenhuma pessoa que estava na Casa da Aliança na hora do incêndio sobreviveu.

– 191 –

LIBÉLULA

~ 45 ~

LENHA

De: Amir Hakimi
Para: A quem interessar, na Ilha de Espera
24 de Saturno de 2938

Vossa Alteza,

Queria iniciar esta carta dizendo que o dia seguinte às comemorações do Dia da Graça trouxe calmaria, mas a verdade é que, quando acordei no sofá de Sarai e Ayla, não fazia ideia de que o não comparecimento da Joana a nossa noite de jogos era só o início dos nossos problemas.

Antes, um resumo daquela manhã. Quando me levantei, o sol já tinha nascido havia muito tempo. Encontrei Sarai sentada à mesa com anotações espalhadas por todo lado. Pareceram-me registros oficiais, a maioria datada deste ano. Fiquei com vergonha de perguntar do que se tratava.

"Bom dia. Ayla já acordou?", indaguei, só para evitar que a situação ficasse estranha.

"Bom dia. Ela saiu cedo, é sua semana nas plantações", respondeu Sarai, sem tirar os olhos dos papéis. "Tem café na cozinha."

– 192 –

Fui até lá me servir uma xícara, na tentativa de acalmar a dor de cabeça pulsante. A cozinha da casa dava para o caminho das plantações. O sol batia nas plantas do parapeito da janela e, apesar do horário, a vila estava calma. Ainda assim, um incômodo no peito parecia anunciar o que estava por vir.

O Dia da Graça não havia corrido como eu havia idealizado. Nada de jogos e risadas. Não que festejar em Itororó não tenha sido divertido. Amei ver como o ar se enche de uma paz inexplicável. Toquei flauta até estar com os dedos doendo e conversei com algumas meninas da vila nas quais nunca havia prestado atenção. Ainda assim, preferia estar na estrada, com pouca comida, mas com Joana e Khalila se gabando de que ganharam O Memorial pelo quinto ano seguido.

Antes que eu pudesse terminar o café, Sarai entrou na cozinha. Seus ombros estavam tensos e seu grande urso ocupava a sala. É normal andarmos por aí esbarrando com o Hesed em diversas formas animais, mas o de Sarai raramente dá as caras.

"Preciso sair. Pode ficar se quiser, deixo as chaves", disse ela sem mais explicações.

"Prefiro ir para casa", falei.

Calcei os sapatos e me dirigi à saída, com uma breve despedida. Não fiz nenhuma pergunta. Sarai não é o tipo de pessoa que abre o jogo fácil.

Caminhei para casa sem pressa. Em determinado momento do trajeto minha doninha passou a me acompanhar, com passos apressados que me conduziram até meu pai. Ele estava dormindo sentado no sofá da sala, em nossa casa.

"Oi", disse baixo, para não assustá-lo.

Ele ergueu uma sobrancelha e abriu os olhos devagar. Depois esfregou o rosto e se sentou com a postura ereta.

"Oi. Não avisou que ia dormir fora."

"Não estava nos meus planos, mas Joana não apareceu ontem e a gente ficou esperando até tarde."

Meu pai franziu a testa como costuma fazer quando está preocupado com algo.

"Vou vê-la mais tarde", falou.

Não queria falar sobre Joana. Estava irritado e chateado com ela. Então mudei de assunto.

"Parece que você também não dormiu bem", observei, puxando uma cadeira para sentar na frente dele.

Fazia alguns meses que ele não dormia bem, e também havia parado de pegar no meu pé. As poucas vezes que ele me esquecia era porque estava preocupado com algo que julgava mais importante.

"O que há de errado, pai?", perguntei com o mesmo tom calmo que usava para perguntar o que tinha de almoço.

"Nada. Coisas dos guardiões, papelada. Muitas decisões a serem tomadas", respondeu ele, sem olhar nos meus olhos.

"Não acho que esse seja o problema. Quero dizer, o que tem de errado com este lugar? Você anda tenso, Sarai tem papéis assinados por você e José na casa dela, kardamas agora sequestram pessoas. Adônis disse que tem algo aqui que elas querem, e o Gael concorda." Despejei tudo que eu havia carregado nos últimos meses.

Não sou muito observador, mas eram coisas estranhas demais.

Meu pai esfregou as mãos e não me respondeu.

Por um instante acreditei que essas coisas não tivessem nenhuma ligação e eu só estivesse procurando por um motivo melhor do que "*ela está apaixonada*" para Joana ter trocado a nossa companhia pela de Adônis noite passada. Ela sempre foi o nosso elo, a que conectava cada um de nós e puxava de volta quem estivesse se afastando.

Quando voltamos para Itororó, foi ela quem me puxou do deslumbramento e me lembrou que tenho uma família.

"Ando preocupado com a Joana", disse, como um desabafo.

Essa frase foi o suficiente para que meu pai me contasse tudo.

Ele falou sobre a conversa que teve com Joana acerca de Adônis. O teor dos relatórios de Sarai. E sobre o segredo escondido em uma caverna abaixo de Itororó.

O que ouvi naquela sala foi uma das coisas mais inesperadas que poderia ouvir na vida. Mas eu também não esperava o incêndio, e ele aconteceu mesmo assim.

Até um dia desses,
Amir

LIBÉLULA

~ 46 ~

ATRITO

De: Sarai Ahmed
Para: Meus comandantes que habitam na Ilha de Espera
24 de Saturno de 2938

Senhor Malkiur,

Esperei tempo demais para tomar uma atitude.

Desde que Adônis retornou, intensifiquei a vigia e tentei me aproximar de diversas formas, mas ele sempre encontrava um jeito de me afastar.

Fiz inúmeros relatórios para a comandante Maia e para José acerca do afastamento dele durante os Loas e a falta de visitas à Casa da Aliança. Anotei as falas estranhas e os olhares suspeitos. Entreguei tudo aos meus superiores, e eles não fizeram nada.

Na manhã após o Dia da Graça, li todos os meus relatórios. Sei que a maioria dos meus relatos poderia descrever um não espectral qualquer, que não está assim tão interessado em Malkiur. Contudo, esse não espectral em particular é o único que conheço que sobreviveu ao sequestro das kardamas.

– 196 –

Assim que Amir foi embora, me dirigi à casa de Gael, pois ele é o único que entenderia a minha atitude. Mesmo incomodado por passar por cima das autoridades da vila, Gael faria isso se um de nós estivesse em perigo. E eu suspeito que seja o caso.

Ele leu os papéis e ouviu minha explicação. Seu corpo estava rígido e em um piscar de olhos o condor-dos-andes se juntou a nós.

Ele pegou o arco e saímos à procura de Adônis pela vila.

Durante a busca, Gael não disse nada, nem me repreendeu por guardar segredo. Nós focamos toda a nossa energia em encontrar Adônis.

Quando falamos com Andrei, ele nos informou que Adônis havia saído antes que o sol nascesse.

"E Joana?", perguntei.

"Estava dormindo quando saí", respondeu Andrei.

"Alguma ideia de onde Adônis foi?", questionou Gael.

Andrei deu de ombros. Nós o deixamos lá e continuamos perguntando pela vila. Finalmente o encontramos em uma viela, próximo à Casa da Aliança.

"Boa tarde", cumprimentou Adônis ao nos ver, com o sorriso de sempre.

"Preciso que você nos acompanhe", afirmou Gael, sem mais rodeios.

"Por quê?", perguntou Adônis, já desmanchando o sorriso.

"É um procedimento padrão", respondi com a voz calma.

Adônis olhou ao redor antes de replicar. Ao notar que não havia outros guardas próximos, falou enquanto tentava se afastar:

"Eu tenho afazeres a cumprir com Andrei e já estou atrasado. Talvez depois."

Gael colocou a mão no ombro dele para impedi-lo de ir longe, mas Adônis torceu o braço de Gael e lhe deu uma rasteira.

Antes que ele pudesse correr, eu saquei uma faca e a posicionei em seu pescoço.

"Sempre pronta, não é, Sarai?", Adônis cuspiu as palavras.

Elas me machucaram, mas não havia tempo para demonstrar a mágoa. Levamos Adônis para minha casa, a fim de interrogá-lo. Esperei que o meu Hesed ou o de Gael fossem atrás de Khalila ou outro guarda, mas eles não foram.

"Isso não parece oficial", provocou Adônis, sentando-se no sofá.

"Onde aprendeu aquele golpe?", perguntou Gael.

"O mundo fora dessa rede de proteção exige que você saiba se defender", respondeu ele, com olhos pesados de quem carrega marcas antigas.

"Por que tentou fugir?", questionei.

Eu estava distante de Gael e Adônis. Parada perto da porta da sala.

Gael puxou uma cadeira e se sentou diante de Adônis.

"Porque eu fui encurralado por duas pessoas armadas em um beco", desdenhou Adônis. "Vocês poderiam me matar ali."

"Filhos de Malkiur não matam", afirmei.

"Só kardamas e teannins", completou Gael.

"Então estou liberado, já que não tenho uma dessas criaturas, tampouco pertenço àquele povo." Adônis estava relaxado no sofá, apesar de toda a tensão que corria pela sala, como eletricidade estática em fios condutores.

"Nós não temos certeza desse fato", disse Gael.

"Sério? Qual é sua teoria? Que eu escondi minha kardama esse tempo todo?"

"Isso é você que está dizendo", afirmou Gael. Sem piscar para Adônis.

"*Se* esse fosse o caso, eu poderia revelá-la aqui e acabar com esse circo. Mas como não é, vou pedir que me deixem ir."

Adônis fez cara de criança implorando. Gael apenas o encarava com a intensidade de uma floresta pegando fogo. A fúria no olhar dos dois estava clara como o dia.

"Por que você ficou?", perguntei.

Era óbvio, para todos nós ali, que ele nunca pertenceria a nosso povo. Mesmo que não possuísse uma kardama agora, poderia adquirir uma a qualquer momento.

Adônis titubeou em responder.

"Porque tem alguém aqui com quem me importo", respondeu, por fim.

"Você não conhece Joana o suficiente, se acha que ela vai ficar com você...", Gael cuspiu as palavras.

Eu podia sentir a dor no fundo da voz dele.

"Talvez você não a conheça tão bem quanto imagina", respondeu Adônis, com um sorriso malicioso.

Antes que eu pudesse intervir, Gael deu um soco no rosto de Adônis.

Corri até eles para apartar a briga e cheguei no mesmo instante em que as janelas da minha casa explodiram. Todos caímos no chão com o impacto da explosão.

Vislumbrei uma kardama voadora passando pela janela. Lá fora havia fumaça e pessoas correndo.

Adônis se levantou e correu em direção à porta. Tentei impedi-lo com uma facada na perna, mas isso não o fez parar. Gael e eu corremos atrás dele e deparamos com uma cena de guerra.

Pessoas correndo para todos os lados. Algumas kardamas voadoras jogando grandes pedras nas janelas das casas. Fumaça por toda parte. Acabamos perdendo Adônis de vista.

Gael e eu nos colocamos a postos para defender as pessoas que estavam na rua. O condor-dos-andes atacou uma das kardamas, e os demais guardas flecharam as outras.

No calor da batalha, apesar de termos perdido Adônis, imaginamos que com aquelas kardamas abatidas tudo ficaria bem. Mas não ficou.

Hoje, penso que eu poderia ter impedido muito sofrimento se tivesse agido antes.

Com carinho,
Sarai

LIBÉLULA

~ 47 ~

Fagulha

De: Khalila Kohler
Para: O Rei Bom e o príncipe da esperança, na Ilha de Espera
24 de Saturno de 2938

Príncipe Malkiur,

Eu falhei na vigia. Acabei pegando no sono logo após escrever a carta e fui acordada pela minha mãe.

"Khalila, já está de tarde", reclamou ela, chacoalhando-me com delicadeza.

Acordei em um pulo. Quando me dei conta de que horas eram, peguei minha espada reserva e saí correndo de casa, sem dar muitas explicações.

A vila estava silenciosa. Como de costume, após os dias de festa, as pessoas acordaram tarde e assumiram seus postos com satisfação.

Quando cheguei à casa de Joana, bati várias vezes na porta, mas ninguém me atendeu. Então peguei a rota alternativa.

Fui até a janela lateral da casa, escalei para o segundo andar por uma árvore próxima e pulei no telhado. Havia feito isso inúmeras vezes no meio da madrugada e, como sempre, encontrei a janela de Joana aberta.

Adentrei o recinto. O quarto não estava como eu esperava.

Não havia nenhuma tela ou tinta espalhada. As paredes estavam limpas, sem pinturas. A cama estava muito bem arrumada e havia uma carta sobre ela.

Minha respiração falhou por um segundo quando notei que um dos nomes no envelope era o meu. Desabei na cama, com a carta em mãos.

Li o conteúdo duas vezes. Na primeira, eu sabia que deveria ter saído correndo e procurado por ajuda, mas simplesmente paralisei. Pensei que havia chegado tarde demais e que, agora, tinha perdido uma irmã.

Foi a gritaria do lado de fora que me trouxe de volta à realidade. Kardamas sobrevoavam a vila, atacando pessoas que fugiam pela rua. Uma densa fumaça negra começou a poluir o ar.

Pulei a janela e caí sem jeito no chão. Logo me recompus, coloquei a carta no bolso da calça e me juntei aos guardas que estavam combatendo os monstros.

Minha mente estava na batalha, mas meu coração estava com Joana. Tudo o que eu queria fazer era gritar por ela no meio daquela confusão. Eu precisava saber onde ela estava.

Quando obtive a resposta, foi impossível conter as lágrimas.

Até nosso encontro,
Khalila

LIBÉLULA

~ 48 ~

Fumaça

De: Ayla Olsen
Para: Malkiur e os habitantes da Ilha de Espera
24 de Saturno de 2938

Querido Malkiur,

O vento cortava a pele na manhã após o Dia da Graça. Era solstício de inverno e meu coração estava como as últimas horas da madrugada, ansiando pela luz.

No geral, eu trabalhava conversando com os demais zeladores. Porém, naquele dia, mal troquei uma palavra. Quando deu a hora de retornarmos para Itororó, voltei na frente. A estrada que liga a vila até as plantações estava vazia.

Fiquei muito magoada com Joana, em razão dos acontecimentos da noite anterior.

Quando me juntei ao grupo, anos atrás, eles já se conheciam muito bem. Estavam havia três anos na estrada e se comunicavam pelo olhar.

Eu era um elo estranho.

– 203 –

Quando Amir inventou O Memorial, foi a primeira vez que me senti integrante dos filhos de Malkiur. Era uma coisa nova que estávamos criando juntos.

Duas noites atrás, me pareceu errado não estarmos juntos.

Eram esses pensamentos que rodavam pela minha cabeça quando notei a fumaça. Minha mente viajou para anos atrás, para um outro incêndio que apagamos e meus pés agiram tão rápido quanto meu coração.

Deixei o cesto de maçãs cair pelo caminho e fui correndo até a origem do fogo. A vila estava sendo atacada por kardamas. Desviei das casas mais atingidas pela batalha e não parei para procurar meus amigos.

Quando cheguei à Casa da Aliança, ela estava tomada pelas chamas. Muitos zeladores se aproximaram, incluindo Otto.

"Peguem as mangueiras!", ele gritou.

Disparamos o mais rápido que podíamos até o galpão de suprimentos e voltamos com as mangueiras. A fumaça preta invadia meus pulmões e dificultava toda a ação.

Levamos as mangueiras até as casas mais próximas e começamos o combate às chamas. Alguns guardas se posicionaram perto de nós, mantendo-nos seguros das kardamas.

A fumaça era tanta que comecei a perder os sentidos e desmaiei. Não sei quem cuidou de mim. Lembro-me apenas de acordar na enfermaria lotada de pessoas, a maioria também intoxicada por fumaça.

A primeira coisa que perguntei foi a respeito do incêndio.

"Foi controlado", disse uma senhora com muitos curativos nas mãos. "Mas não conseguimos salvar as pessoas que estavam no prédio." Havia lágrimas em seus olhos.

Lágrimas caíram pelas minhas bochechas também, e chorei ainda mais quando soube quem eram as vítimas.

Peço que receba a alma dos mortos com festa na Ilha de Espera.

Com o coração partido,
Ayla

LIBÉLULA

~ 49 ~

FOGO

De: Gael Bazzi
Para: A realeza situada na Ilha de Espera
24 de Saturno de 2938

General Malkiur,

Eu deveria ter empunhado o arco e matado Adônis ali mesmo. Em vez disso, tomado pela raiva que senti pela forma como ele falava de Joana, apenas soquei seu rosto.

Quase no mesmo instante, grandes pedras foram lançadas nas janelas e o vidro se partiu. Adônis aproveitou a confusão para fugir.

Quando Sarai e eu deparamos com o ataque, mantivemos nosso foco na defesa dos civis naquela quadra. Sarai os direcionava para dentro de sua casa, enquanto eu usava as flechas para afastar os teannins.

Um inimigo me atacou pelas costas e cortou minhas costelas com uma faca. Girei o corpo e acertei o cabo do arco em seu nariz, que começou a sangrar. Antes que ele se recuperasse, atirei uma flecha em seu coração. Ele caiu morto. Sua kardama voadora se desfez com um grito agonizante e virou poeira preta.

Uma densa fumaça escura tomava quase toda a vila. Podíamos ver as labaredas que vinham da Casa da Aliança. Sarai e eu mantivemos os postos, cobrindo aquele perímetro, enquanto outros guardas se dirigiram ao local do incêndio.

Uma figura veio correndo em minha direção, mas eu mal a enxergava por causa da fuligem. Então, disparei uma flecha mirando um pouco à direita, em advertência. A figura não parou. Notei um enorme guepardo de luz interceptando minha flecha.

Khalila estava com a espada e as vestes manchadas de sangue. Ela parou ao meu lado, em posição de defesa, e falou alto para que eu não tivesse dúvida de suas palavras.

"Precisamos ir atrás da Joana."

Aquelas palavras fizeram meus pés vacilarem.

Outro teannin me atacou, e não fosse a reação rápida de Khalila, ele teria fincado o machado no meu peito. Ela puxou a espada do pescoço da mulher, que ainda agonizava, e terminou com sua dor de forma rápida.

"Ela fugiu com Adônis", continuou Khalila.

"É impossível. Estávamos com ele quando o ataque começou." O olhar de Khalila estava cheio de dúvida com minha afirmação, porém ela continuou.

"Tem ideia de onde eles poderiam se encontrar?", perguntou, já contendo outro ataque.

Em meio à batalha, eu não conseguia pensar. Meu coração estava acelerado e minha mente só gritava: *Por que o deixou fugir?*

Após a queda de mais um teannin, senti um forte puxão. Ele me atingiu como uma dor de cabeça que me deixou de joelhos.

"Gael, tudo bem?", Khalila disse se aproximando de mim, mas não abaixou, para o caso de sermos atacados.

Eu já havia sentido isso antes, de forma muito sutil, nas vezes em que o Hesed sentia grande perigo e chamava minha atenção. Levantei-me com dificuldade e busquei o condor-dos-andes no céu cinza de fuligem.

"Me segue", ordenei à Khalila. Ela acatou.

O condor começou a voar para longe da vila e nós corremos o mais rápido que pudemos, com o guepardo de Khalila à nossa frente. O Hesed estava nos conduzindo até a Praia do Poente.

De longe, vi duas pessoas paradas na orla. Gritei o nome de Joana ao mesmo tempo que duas enormes kardamas se materializaram bem na nossa frente.

Uma delas pegou Joana pelo pescoço e a levantou do chão. O condor atacou a outra, que estava atrás de Adônis. A criatura tinha quatro patas e se assemelhava a um cavalo, mas com dentes pontiagudos e garras no lugar dos cascos. O guepardo corria para atacar a que segurava Joana.

Saquei o arco e mirei na cabeça de Adônis enquanto corria. Atirei, mas a flecha passou zunindo pela bochecha dele. Era minha última flecha.

Corri com todas as minhas forças por aquela praia. A adrenalina abafou o medo no meu coração. Tudo em mim implorava para chegar até Joana e garantir que ela estava bem. No meu íntimo, enquanto corria, prometi que da próxima vez eu não iria errar.

Até breve,
Gael

LIBÉLULA

~ 50 ~

Queimadura

De: Joana Watanabe
Para: Malkiur e O Rei Bom, na Ilha de Espera
28 de Saturno de 2938

Amado Malkiur,

Adiei esta carta porque estava envergonhada demais para me colocar diante de você. Ainda sinto a dor irradiando do meu coração para todo o meu corpo, como um fogo que se alastra e queima tudo, até só restarem cinzas. Esse é o resultado de ouvir meu coração.

Quando terminei de arrumar a mala na madrugada do dia 22, eu já não estava tão certa do que estava fazendo. Ainda que parte de mim implorasse para continuar com essa loucura, a outra se agarrava à adaga no bolso da minha calça e na pequena flauta que encontrei embaixo da cama de Adônis.

Nunca achei que voltaria a ver um objeto como esse. Ainda mais escondido no quarto do homem por quem eu estava apaixonada. Não dormi à noite, mas andei de um lado para o outro do quarto, tal qual a minha raposa. Tirei todas as

— 209 —

pinturas que fiz para Adônis das paredes e arrumei o quarto. Tentei manter a cabeça ocupada até o sol raiar.

Quando os primeiros raios da manhã invadiram meu quarto, joguei minha mochila com as roupas pela janela. A raposa protestou com um som baixo, mas a ignorei. Saí do quarto e desci as escadas esperando encontrar a casa vazia, mas não foi o que aconteceu. Tia Rebeca estava na cozinha, passando café.

"Já acordada?", perguntou.

"Pensei em passar na Casa da Aliança antes de o dia começar." A mentira ardeu na minha garganta.

"Quer café?", ofereceu tia Rebeca.

Nesse momento, me dei conta de que havíamos criado um hábito sem querer. Ela deixava o café pronto para mim toda manhã e conversávamos enquanto eu limpava a cozinha após comer.

"Estou sem fome", respondi.

"Leva uma maçã, não é bom você sair de estômago vazio", insistiu, como uma mãe faria.

Aproximei-me dela e a puxei para um abraço. Sei que ela não entendeu o gesto, porque levou um tempo para me abraçar de volta. Desde que voltei, nunca me permiti ter esse tipo de contato com minha tia. Não posso dizer que agora estamos próximas, mas não é mais estranho dividir o mesmo teto.

Fui embora antes que começasse a chorar.

Evitei a rota principal enquanto me dirigia para a Praia do Poente. Ali era meu ponto de encontro com Adônis. Ele ia sair um pouco mais tarde, disse que tinha prometido ajudar meu tio com alguns consertos na casa e não queria levantar suspeitas.

A manhã estava gelada. As ondas quebravam fortes contra as pedras e a areia. Era solstício de inverno. O sol iria se pôr mais cedo e teríamos a noite mais longa do ano. Ninguém iria à praia naquele dia.

Sentei-me na areia e esperei por incontáveis horas, com o Hesed inquieto perto de mim.

Eu sabia que deveria haver uma boa explicação para Adônis ter guardado a flauta. Afinal, ele havia sido capturado e talvez a tivesse usado para fugir das kardamas e se esquecido de se livrar do objeto.

Devolvi o dispositivo ao mesmo lugar onde o achei. Fiquei com medo do que fariam a Adônis se descobrissem a flauta. Naquele instante, nem imaginava o que ele faria comigo horas mais tarde.

Perdi a noção de quanto tempo estava esperando quando vi fumaça subindo da direção da vila. Parte de mim quis correr e ver se meus amigos estavam bem, mas me lembrei de que de tempos em tempos os campos eram queimados para manter a fertilidade da terra. Ayla me disse que faziam isso no inverno, a fim de evitar que o fogo se propagasse com o calor.

Joguei meu corpo na areia, ainda ignorando o olhar do Hesed e a fumaça.

"Ele virá", afirmei para a raposa, apesar de suspeitar que não era isso que ela queria ouvir.

O Hesed se aproximou de mim e cutucou a minha perna, perto de onde guardei a adaga que ganhei de Gael. Eu a ignorei outra vez e voltei a andar de um lado para o outro, chutando areia.

Tentei repetir para mim mesma que trouxe a arma porque a estrada era perigosa. Eu mesma já enfrentei esses perigos diversas vezes. Mas era mentira, e bem no fundo eu sabia disso.

A fumaça já estava intensa e eu estava a um passo de voltar para a vila quando Adônis apareceu, com um olho levemente roxo e mancando uma das pernas. Notei que estava sangrando.

"Por Malkiur, o que houve?", perguntei, me abaixando para ver a sua perna, mas ele me levantou e pegou minha mochila do chão.

"Nada demais, precisamos ir." Adônis segurou em minha mão e começou a andar, mas eu parei.

O Hesed estava rosnando para Adônis.

"Tá tudo bem?" A voz dele era calma, mas havia urgência em seu olhar.

"Eu preciso perguntar uma coisa antes de irmos", comecei, ainda buscando a coragem no meu âmago para fazer aquela pergunta. "Achei uma flauta dos teannins embaixo de sua cama, sei que tem uma boa explicação..."

"Eu peguei quando fugi do sequestro", Adônis me interrompeu, se aproximando de mim.

"Por que ficou com ela?", perguntei.

A raposa tentava se colocar entre mim e Adônis, mas ele a afastava com o pé, enquanto se aproximava de mim.

"Isso importa?", questionou ele.

"Importa. É um comunicador do inimigo, sabe o que fariam com você se a pegassem com isso?" Ele colocou a mão na minha bochecha e afastou uma mecha caída da minha trança. Meu corpo todo tremeu em resposta.

"Meu amor, sua cabecinha está cheia demais com mentiras sobre bem e mal. Vamos mudar isso. Na cidade que vamos construir, ninguém vai correr riscos por ter uma kardama ou um Hesed", disse Adônis, aproximando os lábios dos meus.

Seu beijo foi suave, porém cheio de desejo.

Mas, embora eu houvesse esperado meses por aquilo, fui incapaz de retribuir.

Naquele momento, eu não queria beijá-lo.

Não queria uma cidade onde filhos de Malkiur e teannins pudessem se amar.

Não queria deixar Itororó, nem a minha família.

Por mais forte que fosse minha paixão por Adônis, eu não queria ir com ele.

Tentei me desvincular de seus braços, mas ele me apertava forte contra o corpo. Comecei a fazer força para que me soltasse e, em resposta, ele se tornou mais violento, apertando minha nuca com força.

A dor percorreu meu pescoço. Enquanto ele me pressionava, recorri a adaga em meu bolso. Eu a segurei pelo cabo e, com rapidez, finquei-a entre as costelas de Adônis. Ele me soltou em um pulo, e eu puxei a adaga de volta. Sangue escorria de seu abdômen.

Ele olhou para mim com os olhos arregalados queimando de ódio.

"Joana!" Virei e deparei com Gael e Khalila correndo em minha direção. Tentei correr até eles, mas uma kardama me levantou pelo pescoço e me tirou do chão.

A kardama tinha o dobro do meu tamanho. Ainda que não tivesse garras, a boca escancarada exibia várias fileiras de dentes. Os membros eram alongados e possuía asas tão compridas que se arrastavam na areia. Suas garras pressionaram meu pescoço, ferindo-o ainda mais.

Enquanto eu me debatia, minha visão escureceu muito rápido. Vislumbrei outros seres de luz e sombras se movendo ao meu redor e pude ouvir Adônis gritando com a kardama.

"Solta ela agora!", ele ordenou, como se pudesse controlar a criatura.

O monstro afrouxou a pegada, o suficiente para que eu levantasse a mão e cravasse a adaga em seu olho.

Com um grito estridente, o monstro me soltou e eu caí na areia manchada de sangue do Adônis. Uma gosma escura que brotava do olho da kardama caiu sobre mim. A criatura arrancou o punhal e o jogou longe do meu alcance.

Enquanto recuperava o ar, vi Adônis montar em outra kardama. Ela andava sobre quatro patas e não tinha olhos. Ele olhou uma última vez para mim, antes de sair em disparada, com a kardama voadora em seu encalço.

Alguém se aproximou por trás e me abraçou. Comecei a me debater, com medo de ser outra criatura.

"Sou eu!" A voz de Gael me fez suspirar de alívio. "Tá tudo bem agora", ele disse, me abraçando com força.

"Ele machucou você?", perguntou Khalila, em prantos.

Não consegui responder.

Vi que ela carregava a carta que escrevi no Dia da Graça. Foi o bastante para me tirar do estado de choque.

Comecei a chorar e tentei gritar, mas minha voz não saía em razão do estrago feito pela kardama em meu pescoço.

Khalila me deu espaço para externar esses sentimentos, mas Gael ficou ali, me abraçando, enquanto eu colocava tudo pra fora.

Mais tarde, quando eles me levaram de volta a Itororó, eu soube do incêndio, das mortes e do segredo que estava escondido embaixo da vila e que havia motivado todos aqueles ataques.

Diante daquilo tudo, minha dor parecia insignificante, ainda que real.

O Hesed se aproxima de mim, tentando me confortar, assim como a minha família, mas eu só consigo pensar que eu me queimei, e isso não tem volta.

Com amor,
Joana

REGISTRO OFICIAL

~ 51 ~

Filhos de Malkiur

Vila de Itiororó

No dia 19 de Ceres de 2937, foi encontrada, no subsolo de Itororó, a entrada para uma caverna, debaixo da casa de alguns filhos de Malkiur, do lado norte da vila. A entrada está selada com uma porta de ouro e tem em suas extremidades escritos em Chavah.

Especula-se, pela descrição do El Berith e o grande símbolo de sol entalhado na porta, que a caverna em questão seja um dos esconderijos perdidos do manuscrito original.

A informação deve ser mantida em total sigilo entre as maiores autoridades de Itororó: os cinco guardiões, a comandante dos guardas e o chefe dos zeladores.

Qualquer um que vazar esta informação será considerado traidor do trono de Malkiur e punido com exílio perpétuo.

Todos que assinam este documento se comprometem em manter sigilo, incluindo a criança que encontrou a entrada da caverna. Os líderes da vila também buscarão formas de apurar se um manuscrito original se encontra na caverna e recuperá-lo em segurança.

LIBÉLULA

~ 52 ~

Cinzas

De: Joana Watanabe
Para: Malkiur e O Rei Bom, na Ilha de Espera
30 de Saturno de 2938

Amado Malkiur,

Armando, Hellen, Camon e Lauren. Esses são os nomes das quatro vítimas do incêndio na Casa da Aliança.

Não conhecia muito bem os outros três, apenas Lauren. Todos os lunares ficaram desnorteados com seu assassinato.

Quando voltamos à vila, o incêndio já havia sido controlado. Gael e Khalila me levaram direto para a enfermaria. O atendimento demorou porque havia muitas pessoas infectadas pela fumaça.

Tia Rebeca estava em prantos quando nos encontrou, pois eu tinha dito a ela que iria à Casa da Aliança naquele dia. Dessa forma, ela havia inevitavelmente acreditado que eu era uma das vítimas.

Minha tia se limitou a me abraçar com força. Foram seus

braços que me seguraram quando anunciaram o nome de Lauren na lista de mortos.

"Faremos a cerimônia fúnebre, mesmo sem os corpos", anunciou José, quando todos estávamos reunidos na praça.

Ele estava na frente das cinzas do lugar onde costumávamos guardar nossas cópias do El Berith. Não só ele, mas todos nós estávamos pisando em cinzas. Elas ficaram grudadas em cada janela e destroços. Em cada centímetro de pele e coração partido.

Todos passamos a semana tentando nos livrar do que sobrou do incêndio.

O velório foi rápido. Nós, lunares, preparamos uma homenagem, e como não tínhamos corpos para colocar na fogueira, colocamos coisas de que os mortos gostavam: desenhos, roupas, flores. Tudo queimou, mas nenhuma borboleta subiu das chamas, como de costume.

Suas almas já haviam partido para a Ilha de Espera.

"O que aconteceu com Camon?", perguntou Ayla para Noah, em referência ao não espectral.

"Ele escolheu. Ninguém deixa Aware sem fazer sua escolha entre Malkiur ou Ahriman", respondeu Noah, e depois se virou para nós, mudando de assunto. "Gostaria de ver todos vocês hoje, na minha casa."

Naquela noite, Noah nos contou que uma criança achou uma caverna que possivelmente guardava o manuscrito do El Berith. Chegamos juntos à conclusão de que os ataques, o sequestro e o incêndio ocorreram porque os teannins estavam em busca desse pedaço perdido do livro sagrado.

"Ele não contou", disse Sarai, em alusão a Marcos, o garotinho que achou a caverna e foi sequestrado e morto pelos teannins.

Talvez morto por Adônis.

"Por que está nos contando isso agora?", questionou Khalila.

"Porque amanhã terei uma reunião com os demais guardiões para deliberar sobre o que faremos, e quero que vocês me acompanhem. Tenho um plano", explicou Noah.

Guardamos silêncio.

"Sei que vocês se culpam pelo que aconteceu, mas não era responsabilidade de nenhum de vocês garantir que essa descoberta não interferisse na vila. Era minha responsabilidade. Eu falhei uma vez e não quero dar abertura para que mais pessoas se machuquem", prosseguiu Noah, olhando para mim.

Levei a mão ao meu pescoço roxo e inchado. Esperei que alguém tomasse o primeiro passo. Dissesse que era loucura. Que todos estávamos exaustos e não iríamos lutar. Mas ninguém o fez.

Todos sentíamos a mesma coisa: a responsabilidade de agir e o medo de tomar uma atitude.

"Eu vou." Quebrei o silêncio, com a voz rouca e falhando, ainda me recuperando do ataque.

Não posso ficar aqui esperando que Adônis volte e nos ataque de novo.

"Eu também", exclamou Gael.

Sarai, Ayla e Khalila também se manifestaram de forma positiva.

"Já que todos vão arriscar suas vidas, eu vou garantir a integridade física de cada um", Amir disse, quebrando a tensão e arrancando sorrisos sutis.

"Mais fácil você garantir que a comida acabe mais rápido", retrucou Khalila, o que desfez a tensão na sala e o nó na minha garganta.

Na manhã seguinte, Noah nos levou à reunião e apresentou seu plano:

"Vamos como semeadores até Ezer, onde produzem cópias do El Berith. Essa é nossa justificativa para a viagem, conseguir novas cópias para substituir as queimadas. Vamos contatar Benjamin, o guardião-chefe da cidade, e pedir ajuda com a proteção da caverna."

"Fora de cogitação!", exclamou José. "Você quebrou o acordo contando a essas crianças sobre a caverna e agora quer contar a mais pessoas?" José estava exaltado, como eu nunca tiha visto. "Sabe que sua traição terá consequências."

"Que consequências?", perguntou Amir, mas Noah o ignorou.

"Sei que você é contra as tecnologias de Ezer, mas talvez elas sejam nossa melhor chance nessa batalha", argumentou Noah. "O inimigo evoluiu, talvez nós também devêssemos."

José se levantou da cadeira, mas antes que pudesse continuar argumentando Maia o interrompeu:

"Seguimos os seus métodos, José. Seis vidas foram perdidas e nossas cópias do El Berith queimaram. Acho que precisamos dar uma chance para o plano de Noah."

José suspirou e se sentou de novo. Ficou um tempo pensativo.

"Não sou apoiador da ideia, mas o conselho pode votar", declarou ele, por fim.

"Por que esses jovens?", perguntou Otto, encarando a filha.

Eu sabia que Noah e Otto iniciariam uma discussão sem fim por causa de Khalila, e sabia também que minha amiga perderia a paciência com facilidade, então agi, impulsionada pelo Hesed e pelas queimaduras que rasgavam meu peito.

"Porque nós conhecemos muito bem o inimigo."

Todos se voltaram para mim.

As marcas roxas no meu pescoço ainda estavam evidentes, de modo que ninguém teve coragem de discordar de mim.

Ganhamos a votação por quatro votos a favor e três contra. José se retirou da sala sem dizer uma palavra.

"Vou cuidar dos preparativos para a viagem. Já vão separando o que precisam, em breve partiremos para Ezer", disse Noah.

Voltei para casa ansiosa para escrever esta carta.

A dor não sumiu, nem vai sumir tão rápido. Mas me apeguei às palavras de Noah e resolvi, *apesar dos meus sentimentos*, usar tudo o que aconteceu para lutar por Malkiur.

Com amor,
Joana, filha de Malkiur

Epílogo

Ano de 2989, 50 anos após o Milchamah

A lua estava no ponto mais alto, refletindo-se no mar e nos vários barcos atracados no porto, quando as lágrimas fizeram um caminho pelas bochechas de Celina e ancoraram no chão, formando uma pequena lagoa de lamentações.

A jovem conhecia a história registrada nas cartas tanto quanto uma água-viva conhece as correntezas marítimas. Entretanto, ao ler aquelas palavras, ela se transportou para a pele daqueles jovens, e também sentiu a dor de ter o coração queimado.

Celina sabia quais eram os próximos capítulos daquela história, mas precisava buscar as demais libélulas adormecidas. Tinha a convicção de que não havia tempo para lágrimas.

Desceu as escadas da casa em direção à sala. A cada ranger dos degraus, imaginou que a residência também estava chorando como ela.

"Eu disse que ela ia chorar", comentou Helena, a irmã mais velha, sentada no sofá. "Está me devendo dez moedas de cobre."

Jesper, o irmão gêmeo de Celina, a esperava junto ao pé da escada.

Ao vê-los, Celina desceu os degraus correndo e abraçou cada um de uma vez, com a força de um gorila. Ela havia esperado três anos por aquele abraço.

Helena e Jesper eram semeadores viajantes. Como as boas velas dos barcos atracados no porto, na mais branda brisa, já estavam prontos para partir. Viveram alguns meses no continente gelado de Ereb e outros tantos nas ilhas tropicais de Ebenézer. Mas haviam se instalado nas terras desérticas de Goel. Atravessaram os mares do sudeste quando Celina entrou em contato e os convidou para uma aventura.

Os irmãos sabiam que o caminho seria cheio de monstros e lágrimas, e nenhum deles permitiria que passassem por isso sozinhos. Afinal, todos haviam crescido ouvindo as mesmas histórias e, no fundo, também gostavam de dançar com as palavras.

"Para onde vamos?", perguntou Jesper, soltando a gêmea do abraço.

Celina secou as bochechas, agora banhadas com lágrimas de alegria. Encheu o pulmão com o ar daquela terra, *sua terra natal*, antes de pronunciar as palavras que fariam todos estremecerem, até a velha casa.

"Para Tsar."

A anciã surda que morava naquela casa leu os lábios de Celina e quando entendeu o nome que ela pronunciou, desejou ter voz para gritar, mas as cordas vocais já não lhe obedeciam havia anos, devido ao pouco uso. Suas mãos foram ágeis em avisar sobre os perigos dessa viagem. Formando palavras como: *Perigo. Armadilha. Morte.*

A mulher tentou, já sabendo que o sangue que corria nas veias daqueles jovens os levaria ao perigo de qualquer maneira. E, apesar de alertados, os irmãos resolveram seguir com o plano de Celina.

Restou à senhora oferecer aos irmãos uma boa noite de sono e suas libélulas, pedindo que Malkiur cuidasse deles.

Quando a mulher os acomodou e foi dar um beijo de boa noite nos jovens, hábito estabelecido ao longo de anos cuidando dos órfãos naqueles aposentos, ganhou um presente da mais nova sonhadora da casa.

"Obrigada por tudo", disse Celina com a Língua das Mãos. "Eu amaria ter ouvido sua voz, tia Ayla." A menina se virou na cama e adormeceu.

Ayla guardou aquelas palavras no coração, esperando recuperar a sua audição e voz no Grande Retorno, para agradecer de forma adequada àquela jovem.

Continua...

Nota da autora

Cara leitora, esta palavra é para você que se identificou com a trajetória de Joana.

Apaixonar-se é algo intenso. Seu coração quer saltar do peito direto para as mãos do amado. Você deseja que a vida seja simples e leve, como prometem os filmes de comédia romântica. Mas a vida real não se parece tanto assim com os filmes.

Sim, existem bons homens que não são cristãos. Conheci alguns deles: gentis, atenciosos e bonitos. Parte de mim os admirou e pensou que poderia dar certo. Talvez funcionasse por algum tempo. Mas não para a eternidade.

Dizer não a esses homens era dizer sim a Jesus, o único que nos ama com amor perfeito. Não viver em jugo desigual é um mandamento de amor. Um lar dividido vive em guerra, e ninguém sai ganhando com isso. A Bíblia traz diversas passagens sobre os perigos do jugo desigual. (Veja, por exemplo, Deuteronômio 7.3-4, Esdras 9—10, Neemias 13.25-27 e 2Coríntios 6.14-15.)

Sei que abrir mão de um amor em favor de obedecer a Deus é difícil, mas o nosso é um Deus de misericórdia. Tudo que ele planeja para nós é bom, e nenhum sofrimento é vão (1Pedro 3.14-15).

Amada irmã solteira, tenho fé de que o Pai não permitirá que você entregue seu coração a um homem mau. Oro por mim e por você, sabendo que o Deus que planeja nosso futuro é o mesmo que morreu por amor para nos salvar das garras da morte.

Querida irmã casada, caso você se identifique com Febe, não receba essas palavras com pesar. Assim como as mulheres nos Evangelhos se alegraram com a ressurreição de Cristo, você também pode se alegrar nas misericórdias de Jesus. Creia nas promessas do Senhor para sua família. Mantenha-se fiel ao Deus da vida (1Coríntios 7.13-17).

Irmã que está com o coração em pedaços, entregue os cacos a Jesus. Passe tempo com suas amigas, chore, dedique um tempo para cuidar de você e fazer o que ama. Não existe nada quebrado que Jesus não possa consertar. Basta dar tempo ao tempo.

Com amor,
Gabrielli Casseta, a autora

Agradecimentos

Quando me lembro do início singelo da história que me trouxe até aqui, meu coração se enche de alegria. Uma foto. O desejo de escrever. Uma oração. Um Deus bondoso e cheio de misericórdia. Foi assim que Joana e suas cartas ganharam vida e chegaram até você, mais de três anos após o rascunho inicial. Quis começar este texto de agradecimento com essa lembrança, pois desde aquela época até hoje tenho apenas um sentimento e desejo para essa história: Deus, obrigada pelo presente. Essa história sempre foi sua, peço que a leve aonde quiser.

Agradeço a Nathalia Habib, por ter me apresentado a ficção cristã. Agradeço a Bianca Souza, por sua paciência em escutar meus áudios de dez minutos (desculpa, eu não sabia que estava narrando uma trilogia na época). Às minhas amigas missionárias literárias: Dulci Veríssimo, Kell Carvalho, Ana Maria Duarte, Kézia Garcia e, em especial, Maina Mattos, Lyta Racielly e Aline Moretho — vocês três foram inteiramente responsáveis pela fagulha de coragem que levou este livro à editora Mundo Cristão.

Aos meus editores, Camila Antunes e Daniel Faria, por me ajudarem a construir uma história melhor. A toda a equipe da Mundo Cristão, vejo Deus através do excelente trabalho de vocês. Em especial meus colegas de trabalho do departamento editorial (sim, é uma experiência bem peculiar e graciosa trabalhar na mesma editora que publicou seu livro), Felipe Marques (obrigada por não me deixar diagramar meu próprio livro), Ana Luiza Ferreira, Guilherme H. Lorenzetti e Silvia Justino. É um prazer trabalhar com vocês. Agradeço também a Kezia Caetano, por dar vida a minhas histórias através de suas ilustrações

Por último, gostaria de agradecer a você, leitor. Eu sei que a jornada da Joana foi intensa, mas estou profundamente grata por você ter escolhido embarcar nela. Essa história não acabou. Malkiur ainda tem muitas coisas para fazer por nossos amigos de Aware. Vejo você em breve, na cidade de Ézer!

Sobre a autora

Gabrielli Casseta é formada em Audiovisual pelo Centro Universitário Senac. Já atuou na área de comunicação em empresas como The Walt Disney Company e Trust Filmes. Apaixonada por filmes de horror, tocar baixo, montar playlists para seus livros e conversar até tarde da noite, transformou seu amor pela escrita em profissão e agora escreve narrativas com uma pitada de magia e assombro. Acredita que a literatura de boa qualidade também é um trabalho missionário e que até histórias de terror podem apontar para Jesus.

Compartilhe suas impressões de leitura,
mencionando o título da obra, pelo e-mail
opiniao-do-leitor@mundocristao.com.br
ou por nossas redes sociais

Esta obra foi composta com tipografia Alegreya
e impressa em papel Pólen Natural 70 g/m² na gráfica Santa Marta